Author
Illustration

지오
유우야

악덕 기사단의 노예가
The Slave of the "Black Knights" is
착한 모험가 길드에
Recruited by the "White
Adventurer's Guild" as a S Rank Adventurer
스카우트 되어 S랭크 가 되었습니다

7

The Slave of the "Black Knights" is
Recruited by the "White Adventurer's Guild"
as a S Rank Adventurer

CONTENTS

7

그 순간, 일대의 마력이 거무튀
지드에게서 분출되고 있는 것
사실은 자연의 마력이 멋대로
압도적이기까지 한 지배와 절

"영식

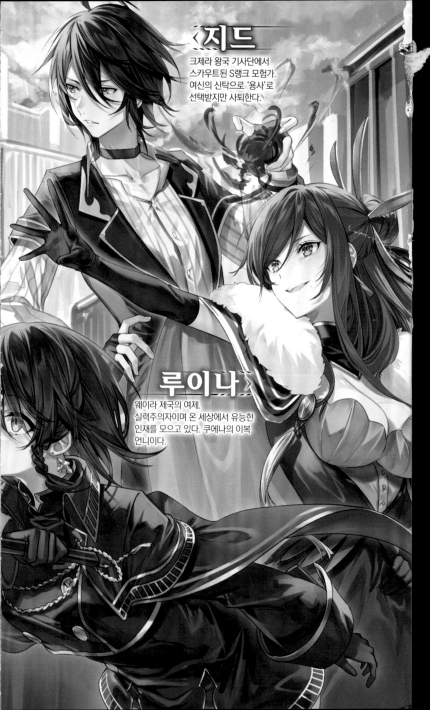

〈지드〉

크제라 왕국 기사단에서
스카우트된 S랭크 모험가.
여신의 신탁으로 '용사'로
선택받지만 사퇴한다.

루이나

웨이라 제국의 여제.
실력주의자이며 온 세상에서 유능한
인재를 모으고 있다. 쿠에나의 이복
언니이다.

로이터
간 최강으로 이름 높은 S랭크 모험가. 통칭 '별을 떨어뜨리는 자'. 여신의 신탁으로 당대의 '검성'으로 선택받았다.

스피
진·아스테라교의 대사제. 현재는 교단의 지도자 역할을 맡고 있다. 여신의 신탁으로 당대의 '성녀'로 선택받았다.

유이
웨이라 제국 제0군의 군장. 사상 최연소 S랭크 모험가였지만, 여제 루이나에게 스카우트되었다.

뒤하게 변색되었다.
처럼 보이지만,
까맣게 물들었다.
광이 있었다.

―――【부정신·낙락빙의】"

커버 그림, 본문 일러스트 | **유우야**

제 10 장

지배자들의 황혼

The Slave of the "Black Knights" is
Recruited by the "White Adventurer's Guild"
as a S Rank Adventurer

7

제1화 전쟁의 시작

루이나가 쿠에나의 집에 날아간 날.

하늘은 이미 달을 중천에 맞아들이고 있었다.

크제라 왕국에서는 평온한 하루가 끝나려고 하는 가운데, 웨이라 제국에서는 군인의 쿠데타가 발생했다.

공을 세우려고 안달이 났는지, 루이나의 사망이 미리 발표되었다.

하지만 사건의 장본인 루이나는 쿠에나의 집으로 전이해서 도주했다.

루이나에게 사정을 들은 지크 일행은 리프에게 연락했고, 내일 아침에 만날 약속을 했다.

"그럼 지드는 오늘만 소파에서 자는 걸로 하자."

쿠에나가 실라를 데리고 거실에서 가까운 침실로 들어갔다.

그 옆방에 루이나와 유이가 들어갔다. 그리고 맞은편 방에는 네림이 있다.

다들 이미 저녁을 먹고 씻었기에 루이나와 유이만 따로 목욕한 후, 예비 칫솔로 입 안을 깨끗이 하고 잠자리에 들었다.

방이 모자랐기에 지드는 거실의 소파에서 자야 했다.

(늘 느끼는 거지만, 엄청 푹신푹신하네. 비싸겠지?)

지드는 말랑말랑하게 손이 잠기는 감각을 즐기면서 누웠다.

거실은 불이 꺼져 있어서 어두웠다.

현관과 화장실 문틈으로 나오는 빛 외에는 어둠에 잠겨있었다.

하지만 지드의 눈은 순식간에 어둠에 익숙해졌다.

이것도 전부 '금기의 숲속'에서 쌓은 경험 덕분이었다.

그렇기에 지드는 금방 이상을 깨달았다.

사람의 그림자였다.

그림자는 자유자재로 움직이고 있었다.

어둠 속에서 움직이는 게 익숙한 듯했다.

실력자인 게 확실했다.

그림자는 지드의 얼굴을 들여다보듯이 섰다.

"……."

"유이? 무슨 일이야?"

대답은 없었다.

그 대신 고양이처럼 기어서 소파 위로 올라왔다.

넓은 소파의 공간을 잘 사용하고 있다.

유이의 얼굴이 상기되어 있는 건 방금 목욕했기 때문만은 아니리라.

유이는 체격이 비슷한 실라의 잠옷을 빌려 입고 있었다.

얇은 네글리제를 입고 있어서 평소에 입고 있는 두꺼운 군복으로도 다 가리지 못하는 가슴이 약간 거친 호흡에 맞춰 위아래로 흔들렸다.

유이가 선정적인 손놀림으로 지드의 가슴팍에 손을 댔다.

"좋아해."

유이의 입에서 나온 말은 사랑의 속삭임이었다.

이로써 유이가 마음을 고백한 것은 두 번째다.

한결같이 직선적이고, 게다가 이렇게 어둑어둑한 상황이다. 그 대단한 지드도 심장이 쿵 하고 뛰었다.

──차려놓은 밥상도 못 먹는 것은 남자의 수치.

지드는 언젠가 배워뒀던 속담을 떠올렸다.

하지만,

(아, 아니아니……! 유이의 고백은 거절할 생각이었잖아……!)

지드가 날아갈 뻔한 이성을 붙잡고 제정신으로 돌아왔다.

하지만 지드의 몸은 저항의 의사를 내보이지 못했다.

지드가 날뛰기 시작할 것 같은 본능을 머리 한구석으로 쫓아내는 사이에 유이는 숨결이 닿을 만큼 가까이 다가왔다.

유이는 고양이처럼 허리를 젖히면서 몸을 밀착했다.

분홍빛의 작은 입술이 가까워지자, 지드의 의식도 성욕에 지배당──.

"거기까지!"

실라의 큰 목소리가 거실에 울려 퍼졌다.

어느새 방의 불이 다시 환하게 켜져 있었다.

"뭐 하는 거야, 너희!"

쿠에나가 싸늘한 눈으로 지드와 유이를 바라보았다.

"아, 아니 난……!"

"그래, 어차피 유이가 덮쳤겠지."

쿠에나는 고양이의 목덜미를 잡듯 유이의 옷깃을 잡아 올려 지드에게서 떼어놨다. 유이는 바둥대는 아기처럼 지드에게 손을 뻗었지만 아슬아슬하게 닿지 않았다.

지드는 안도와 동시에 아쉬움을 느꼈다. 거절할 생각이었지만, 유이는 그 마음이 흔들릴 정도로 매력적이었다.

"──이런, 남의 연애를 방해하다니. 천벌이 무섭지도 않나?"

루이나까지 이 대화에 끼어들었다.

루이나에게 적의가 없어서 지드가 알아차리지 못했을 뿐이지, 어쩌면 처음부터 유이를 지켜보고 있었는지도 모른다. 애초에 지드의 의식은 모조리 유이에게 쏠려있었다.

쿠에나가 허리에 손을 대고 비난하듯이 내뱉었다.

"다들 잠들어서 조용할 때면 모를까, 불을 *끄자마자* 나왔잖아. 누구라도 알아차리지."

"맞아 맞아~! 난 직전까지 몰랐지만!"

아무래도 쿠에나가 거실에서 기척을 느끼고 실라를 깨운 모양이었다.

쿠에나의 경계심에서 지드를 *빼앗기지* 않으려는 강한 독점욕이 엿보였다. 쿠에나는 평소 냉정하고 집착이 없지만, 지금은 그녀의 본성이 살짝 나오고 있었다.

"크흐흐. 그럼 모두 잠든 후에 나오면 방해하지 않겠다는 건가?"

"그럴 리가 없잖아. 어둠을 틈타 습격이라니, 안 될 말이지."

(아니, 이게 방식의 문제인가……?)

지드가 고개를 갸웃했다.

루이나가 살짝 다가와 지드의 턱을 잡고 밀어 올렸다.

"일이 이렇게 됐으니, 이젠 서로 눈치를 보느라 끝이 없겠군. 지드, 차라리 내 방으로 와라. 소파에서 자는 꼴이 딱하니 두고 볼 수가 없구나."

고혹적인 눈매다.

당당하게 시선을 맞추는 루이나. 지드는 눈을 이리저리 돌렸다.

"여제의 침실이 얼마나 대단한지는 모르지만, 모험 중에 노숙도 하는 마당에 소파 정도면 훌륭한 침구 아니야?"

"하하, 소파가 침구라니, 농담이 과하구나."

루이나는 쾌활하게 웃으며 말했다.

"……으응, 지드."

여전히 쿠에나에게 붙잡혀 있는 유이가 손을 작게 버둥거리며 휘둘렀다. 지드의 품에 안기고 싶다는 듯이.

그 모습에 지드의 부성이 꿈틀댔지만, 루이나는 강제로 시선을 되돌리듯 지드의 턱을 잡은 손에 힘을 더 주었다.

"네가 괜찮더라도 나는 아니다. 이 집의 침대는 좀 불편하니, 안는 베개가 하나 있으면 좋을 것 같구나. 그러니 지드는 내가 데려가겠다."

"부르지도 않은 손님인 주제에 건방진 말을 하네. 지드를 너한테 넘길 바에는 차라리 내 방에서 재울 거야."

루이나의 말에 응수하듯이, 쿠에나와 루이나의 언쟁이 시작되었다.

"이것 참. 이럴 때일수록 언니한테 양보해야 하지 않겠느냐. 나는 목숨을 위협받고 있다만?"

"한 지붕 아래에 있으니까 비상사태가 일어나면 바로 갈 수 있잖아."

"가장 중요한 인물인 나에게 지드를 붙이는 게 자연스럽지."

"이 집의 주인은 나야. 내 지위가 제일 높고 중요해."

두 사람의 지리멸렬한 대화는 논리를 벗어나 고집 대결로 이어졌다.

목소리가 차차 커지며 열기를 띠기 시작했다.

실라는 당황해서 쿠에나와 루이나를 번갈아 바라보았고, 유이는 조금도 신경 쓰지 않는 듯 지드를 향해 1mm씩 다가가고 있었다.

그때,

"──!"

강력한 살의와 함께 문이 열렸다.

모두의 시선이 자연스럽게 살의의 원천으로 향했다.

파란 머리카락을 곤두세운 인물이 귀신같은 표정으로 서 있었다.

"다 조용히 안 해? 죽고 싶어?"

네림…… 아니, 오늘의 가장 큰 피해자였다.

유이를 제외하고 모두가 공포에 떨었다.

네림은 진저리가 난다는 듯 상황을 정리해버렸다.

"지드, 넌 내 방에서 자. 다른 사람들은 입 다물고 방으로 돌아가고. 알았어?"

""네.""

역대 최강의 검성다운, 반론을 허락하지 않는 박력이었다.

쿠에나와 실라가 물러나자 루이나도 포기한 것처럼 유이의 팔을 잡아 끌었다.

"지금은 때가 좋지 않다. 일단 물러나라."

"으~……."

루이나의 명령만은 유이도 따르지 않을 수 없다.

결국 유이도 울상이 되어 방으로 돌아갔다.

남은 사람은 네림과 지드뿐이었다.

"덕분에 살았어……."

"진짜 그렇게 생각하는 거 맞아? 오히려 방해받은 거 아닌가?"

"아니야. 그대로 뒀으면 수라장이 됐을 거야."

지드의 대답에 네림이 의심의 눈초리를 향했다.

"그래 뭐. 내 알 바 아니지."

"그보다 괜찮아? 네 방에서 자도."

"나는 잠을 방해받는 게 싫어. 이대로 뒀으면 '아스테라의 추종자'와 싸우기도 전에 스트레스로 죽었을 거야."

"그건 그렇지."

두 사람은 대화를 하면서 침실로 향했다.

네림이 침대에 눕자, 지드도 자연스럽게 바닥에 누웠다.

"잠깐. 맨바닥에서 자려고?"

"그럼?"

서로의 인식에 차이가 있었는지 네림의 의문에 지드도 의문을 표했다.

"침대에서 자도 돼. 바닥에서 잤다가 탈이라도 나면 어쩌려고."

네림이 침대의 빈자리를 가리켰다. 퀸사이즈 침대라서 네림이 누워도 공간이 여유 있었다.

하지만 한 지붕 아래에서 자는 것도 껄끄러운데, 같은 침대에서 자라니?

지드는 단계를 꽤 많이 건너뛰고 있는 것처럼 느껴졌다.

"아니, 역시 아니야. 왠지 네가 되묻는 게 엉큼해."

"그럼 어쩔 수 없지."

"왜 납득하는 거야!"

"나더러 어쩌라는 거야……."

"나도 망설이고 있어. ……뭐, 됐어. 너무 가까이 오지는 마."

네림이 침대를 두드리며 유도했다. 거기에 지드가 누웠다.

방의 불이 꺼지고 어두운 공간과 정적에 감싸였다.

…………

……

"……무슨 말 좀 해봐."

네림이 뒤늦게 거북해졌는지 지드에게 무리한 요구를 했다.

"아."

"그런 말 말고. 좀 더 의미 있는 말로."

"라면?"

"한밤중에 무슨 라면이야……."

그 순간 지드의 옆자리에서 배곯는 소리가 들렸지만, 지드는 애써 모른 척 했다. 만에 하나 지적했다간 즉시 사검이 날아올지도 모른다.

"왜 나한테 말을 시키려고 한 거야……."

점점 귀찮아지기 시작한 지드가 물었다.

"어색하니까 그렇지. 그리고 침대 속에서 멋대로 거리를 좁혀 오지는 않는지 신경 쓰였으니까."

"그냥 나는 침대에 있는 돌이라고 생각해."

"그렇게 생각하고 있어. 나랑 너만은 말이지."

"무슨 뜻이야?"

"말 그대로의 뜻이야. 너도 알고 있잖아."

지드는 네림의 말에 반응하지 않았다.

순수한 호의나 순수한 악의는 정말로 존재할까.

지금은 그저 서로가 잠드는 것이 답이기도 했다.

◇

이튿날 아침.

네림은 먼저 일어난 모양인지 옆자리가 비어있었다.

느긋하게 거실로 나가니 이미 모두 일어나 있었다.

내가 가장 마지막이었나.

왠지 조금 창피했다.

"좋은 아침~! 아침밥 하고 있으니까 기다려!"

부엌에서 좋은 냄새와 함께 듣기 좋은 목소리가 들려왔다. 그 목소리에 대답하고 세면대로 가서 세수하고 이를 닦았다.

매일의 루틴을 끝내고 소파에 앉았다.

선객인 쿠에나가 옆에서 신문을 읽고 있었다.

"재밌는 기사라도 있어?"

그러자 내 물음에 쿠에나가 기사의 1면을 보여줬다.

거기에는 익숙한 얼굴과 눈에 띄는 표제가 있었다.

"루이나가 죽었다는데."

"내가 어쨌다고?"

쿠에나의 말에 맞은 편에 앉아있던 루이나가 되물었다.

루이나의 무릎에는 유이가 얼굴을 묻고 있었다.

"유이는 아직 어리광을 부리고 싶은 시기인가?"

어젯밤에 있었던 일을 떠올리면서 물었다.

"아니, 그냥 아침에 약한 것 뿐이다."

그건 좀 의외네.

유이는 모든 일을 빈틈없이 척척 처리하는 이미지가 있었다.

이렇게 함께 지내보니 모르는 면을 볼 수 있다.

그리고 실라가 테이블에 식사를 차려갔다.

"차리는 거 도와줄게."

"괜찮아! 지드는 항상 그릇을 씻어주잖아?"

내 제안에 실라가 손을 저었다.

그러자 쿠에나가 먼저 일어나 부엌으로 갔다. 아무래도 나와 의견이 같은 모양이다.

"실라, 그냥 돕게 놔둬. 자, 너희도 해."

쿠에나의 시선 끝에는 루이나와 유이, 네림이 있었다.

루이나는 방금까지 리클라이닝 체어에 있었는데, 이미 식탁의 의자에 앉아있었다.

이 녀석, 빈틈이 없어…….

앞을 내다보는 힘에 대담한 행동. 이것이 여제의 그릇인 걸까.

"난 손님일 텐데? 왜 도와야 하는 거지?"

"자기 일도 스스로 못하는 사람에게는 밥 안 줘."

"흠. 설마 내가 급사 흉내를 내는 날이 올 줄이야."

역시 여제답다고 해야 할까.

하지만 진심으로 싫어하지 않는 건 직업에 대해서 귀천을 느끼지 않기 때문일 것이다. 어디까지나 자신이 수고하는 것에 대해 생각하는 바가 있는 것 같다.

그래도 아침부터 쿠에나와 말싸움을 하느라 기력을 낭비하는 것을 생각하면 접시를 늘어놓는 편이 낫다고 생각했을 것이다.

아침부터 호사스러운 식사가 테이블에 올라왔다.

루이나 일행이 와있어서 그런 건 아니고, 그냥 실라의 요리 기량과 아낌없는 헌신의 영향이었다.

이만한 아침 식사를 만드는 기운은 대체 어디서 나오는 걸까.

잘 먹겠습니다, 라는 말에 나도 모르게 힘이 들어갔다.

"흠. 제법이군, 금발."

"에헤헤, 여제에게 칭찬받았다."

실라가 쑥스러운 듯이 뒤통수에 손을 대면서 황송해하듯이 허리를 굽혔다.

"내가 생각해도 실라의 실력은 대단해. 루이나의 속내는 모르겠지만."

"곡해하지 마라. 난 이 서민의 요리도 나쁘지 않다고 생각한다. 전속 요리사로 고용하는 것도 고려할만하다."

얼마나 칭찬하는 건지 도무지 모르겠다.

뭐, 왕족을 모시는 건 명예로운 일이라고 하니까. 하물며 열강으로 꼽히는 웨이라 제국의 수장이 하는 말이라면 상당히 대단한 일일 것이다.

"그렇고말고, 대단한 일이지."

갑자기 뒤에서 다른 목소리가 들렸다.

뒤돌아보니 어느새 리프가 접시를 들고 입을 우물거리며 먹고 있었다.

아무래도 부엌에 있던 남은 음식을 가져온 모양이다.

"넌 또 어느 틈에…….."

쿠에나가 먼저 말했다.

갑작스러운 출현에 일동이 놀란 모습을 보였다.

"이제야 왔나. 날 기다리게 하다니, 배짱 한번 좋구나."

루이나가 턱을 괴었다.

거만한 태도가 어울리는 여제를 보면서 리프는 어깨를 으쓱였다.

"성격 참 급하구먼~. 높은 지위에 어울리는 무게를 갖고 기다리면 될 일 아닌가."

"그렇게 느긋한 일은 아니다만?"

"안심하게나. 웨이라 제국의 실정을 조사하다 늦은 거니. 그만큼 중요한 일이라는 뜻이지."

"잘 알고 있군."

자신을 경시하고 있지 않다는 걸 알자 루이나의 말투가 부드러워졌다.

리프는 어디선가 의자를 가져와 우리와 함께 테이블에 둘러앉았다. 어째 같이 식사할 요량인 듯했다.

"홋후, 실례하지. 이 몸도 아침은 아직 안 먹었으니 말이야."

"드세요 드세요~."

실라가 경쾌하게 대답했다.

한동안 다 같이 우물거리고 있으니, 리프가 천천히 운을 뗐다.

"아무래도 웨이라 제국 광역에 세뇌 마법이 걸려있는 것 같네. '아스테라의 추종자'의 짓이 틀림없겠지."

"어느 정도의 규모지?"

루이나가 물었다.

"수도를 중심으로 웨이라 제국의 도시 대부분을 집어삼켰네."

"그만큼 넓으면 관리하기 귀찮을 것 같은데. 조종당하는 사람도 밥 같은 건 알아서 먹어?"

나는 솔직한 감상과 함께 질문을 내놓았다.

리프가 빵을 뜯어 입에 던져 넣고 씹어 삼킨 다음에 입을 열었다.

"세뇌라고 해도 완전히 지배하는 기술이 아니야. 사람의 의식이나 사고를 유도하는 선동에 가깝지. 아마 루이나를 적대시하도록 조종하고 있겠지."

"그런 건 어떻게 알아?"

실라가 난감한 부분을 거리낌 없이 물었다.

"크크, 반응이 솔직해서 좋구먼. 남들은 물어보는 것도 주저하는데."

확실히. 리프는 마법을 건 장본인인 것처럼 사태를 읽어내고 있었다.

사건이 발생한 건 어제저녁. 겨우 하룻밤 사이에 알 수 있는 정보가 아니다. 정보의 출처가 의심스러울 수밖에 없다.

선택지가 여러 개가 있어 망설임이 생겼다.

예를 들어, 리프가 적일 경우에는 모른 척하며 정보를 캐내야

할 것이다. 그렇기에 당장은 리프를 규탄할 수 없다. 리프가 아군일 경우에는 의심하는 것만으로 관계에 악영향을 준다. 물론 정도로 리프가 화낼 것 같지는 않지만, 적과 아군이 뒤섞여 전쟁에 돌입한 지금 상황에는 별것 아닌 한마디가 훗날의 화근이 될 수도 있다.

요컨대 지금 리프와 약간의 거리감이 생기는 건 불가피한 일이었다.

하지만 실라의 순수한 물음에 독기가 빠졌다.

"이미 서로의 등을 맡기고 있으니까 의심은 그만하자."

네림이 말했다.

일찍이 동료에게 배신당했던 그녀가 먼저 단언했다. 그 말에는 무게가 있었다.

문득 루이나가 말했다.

"어젯밤부터 신경 쓰였는데, 생각 이상으로 풍격이 있군. 웨이라 제국으로 오지 않겠나?"

바로 네림을 권유하고 있다.

싸우는 모습을 본 적도 없을 텐데, 실력을 간파한 걸까.

"사양하지."

네림이 차를 호로록거리면서 단호하게 거절했다.

루이나도 어쩔 수 없다는 듯이 단념했다.

그보다 이 녀석들, 처음 만난 거였나.

그리고 리프가 이야기를 이어서 했다.

"솔직히 말하자면, 웨이라 제국 전역에 걸린 세뇌 마법은 이 몸이 발안한 것일세. '임라리'라는 마법이지."

"엑~!!!"

실라가 경악했다.

과연. 본인이 만든 마법이라면 상황을 알고 있어도 이상하지 않다.

"다만 이 몸도 이런 식으로 이용될 줄은 몰랐네. 원래는 재해가 닥쳤을 때 혼란을 피하고, 피해를 받은 자를 진정시키는 목적으로 개발한 마법이니까. ……이렇게 되었으니 변명에 불과하네만, 사람을 조종하는 건 좋지 않은 일이니 영원히 묻어둘 생각이었다네. 그저 호기심의 산물이었지."

"하지만 실제로 사용되고 있지 않은가."

루이나의 매서운 비난이 날아들었다. 피해자이니 화가 날 만도 했다.

"음. 애초에 '임라리'를 '아스테라의 추종자'에게 넘긴 건 이 몸이니, 잘못은 인정하지. 하지만 이렇게 하지 않으면 그들의 신용을 얻을 수가 없었네."

리프가 근심스러운 표정을 지으며 말했다.

죄를 짊어지고 있다는 자각이 있을 것이다.

리프에 대한 비판적인 분위기가 흐르는 와중에 네림이 입을 열었다.

"그럼 멈추는 방법도 알고 있어?"

이 마법은 리프가 개발했다. 사용하는 방법도, 멈추는 방법도 고려했을 게 분명하다.

예상대로 리프가 고개를 끄덕였다.

"물론이니라. 이렇게까지 대규모로 펼쳤으니 분명 '아스테라의 추종자'의 정예 마법 부대가 움직이고 있겠지. 틀림없이 마법의 중심부인 수도에 있을 걸세. 놈들을 막으면 세뇌가 풀릴 것이야."

"그럼, 우리는 수도로 가야겠네."

"섣불리 결론을 내리지 말게. 웨이라의 수도는 상당한 전력을 보유하고 있으니, 아무런 준비도 없이 뛰어들면 당할 걸세."

리프의 말에 루이나가 고개를 끄덕였다.

"아무리 대규모라고 한들, 웨이라 제국은 광대하다. 국경까지 모두 세뇌할 수는 없을 터. 그렇지?"

리프가 긍정했다.

"음. 물론 제국 전토를 뒤덮는 건 무리일세. 그러니 웨이라 제국의 가장자리부터 전력을 모아야겠지."

"바깥부터? 그건 우리가 제국을 공격하겠다고 적에게 알려주는 꼴이나 마찬가지 아니야? 차라리 지드나 유이의 힘으로 잠입해서 시선을 피해 몰래 싸우는 편이 더 순조롭지 않을까?"

쿠에나가 손을 들고 말했다.

"아니, 루이나가 생존해 있다. 그렇다면 '아스테라의 추종자'가 노리는 다음 수는──."

리프의 설명에 모두가 납득했다.

행동은 당일에 시작되었다.

◇

신도(神都) 아스테아.

여신의 이름을 내건 신성공화국의 중심 도시이다.

외벽은 발전의 상징이다.

수십 미터를 자랑하는 외벽은 마물이나 도적으로부터 도시를 지키고 백성을 안심시키는 위용을 갖추고 있었다.

신도 아스테아에는 그런 외벽이 일곱 개 있다.

처음에는 하나뿐이었지만 인구가 증가하고 경제가 성장하면서 도시가 확장되었다. 그때마다 외벽도 새로 건조되었고, 오랜 세월을 거쳐 일곱 겹의 벽이 있는 유례가 드문 도시로 변모했다.

지금은 남녀노소, 종족을 가리지 않고 수백만 명의 사람들이 사는 초거대 도시가 되었다.

아스테아는 치안이 좋고, 슬럼가도 없다. 높은 세율과 아스테라교 신자들의 협력으로 고도의 복지를 실현하고 있기 때문이다. 그야말로 신앙이라는 큰 기둥 위에 세운 이상의 도시다.

그 밖에도, 도심 한가운데에는 진 · 아스테라교의 거대한 신전이 상징처럼 자리하고 있다. 이 신전은 대륙에서 제일가는 크기를 자랑한다.

녹색 머리카락이 바람에 나부낀다.

스피는 신전에서 신자에게 둘러싸여 있었다.

모두가 분주하게 복도를 걷고 있었다.

"웨이라 제국에서 소동이 있었다고 합니다."

신자 하나가 정보를 가져왔다. 그의 손에는 보고서가 쥐어져 있었다.

"들었습니다. 루이나 님이 서거하셨다고."

"──아뇨, 그 녀석은 살아있어요."

로이터가 다가오며 대화에 끼어들었다.

로이터 바로 옆에는 이상한 집단이 있었다. 스무 명으로 이루어진 무장 집단인데, 전투에 대해서는 문외한인 스피조차 차원이 다른 무력을 느꼈다.

"그 녀석이라고요?"

스피는 그의 말투에서 위화감을 느꼈다.

루이나는 한 나라의 지배자다. 하지만 로이터의 말투에는 최소한의 배려조차 없었다.

하지만 로이터는 타이르듯이 부드럽게 미소 지었다.

"그녀는 백성을 불합리할 정도로 괴롭혀왔습니다. 알고 계시겠죠. 그녀가 전쟁을 얼마나 거듭해왔는지. 그렇기에 이런 쿠데타가 일어난 겁니다."

"이번 일이 쿠데타라고요?"

"예, 스피 님. 대의는 쿠데타를 일으킨 측에 있습니다. 신성공화국과 진·아스테라교가 지원해야 하지 않겠습니까?"

스피는 미심쩍게 여겼다.

"우선은 정확한 정보를 모아야 하지 않을까요?"

스피는 신중하게 대응했다. 쉽게 정할 일이 아니기 때문이다.

"이미 모든 정보를 확인했습니다. 실은 쿠데타를 일으킨 사람과 아는 사이인지라. 그러니 안심하십시오."

"너무 용의주도하지 않나요? 어제 일어난 일이잖아요?"

"웨이라 제국에 언젠가 쿠데타가 일어날 건 자명한 일이었으니까요."

로이터가 싱긋 미소 지었다.

하지만 스피는 그게 꾸민 것처럼 인위적으로 느껴져 더욱 의심이 깊어졌다.

"설령 그렇다고 하여도, 제가 정확하게 파악하기 전까지는 진·아스테라교의 방침을 정하지 않겠습니다."

"그건 곤란하군요. 신성공화국에도 교의 의향을 전해야 합니다만."

"서두르기를 바라신다면, 당신이 파악한 정보도 저희에게 제공해주세요."

스피도 물러나지 않았다.

자신이 가지고 있는 권한과 영향력을 잘 알고 있기 때문이다.

스피의 뇌리에 마족에게 지배당했던 구 아스테라교의 모습이 스쳤다.

로이터가 제안했다.

"그럼 이렇게 하시지요. 제가 스피 님에게 정보를 드릴 테니, 스피님께서는 제게 행동 권한을 주십시오. 이러는 순간에도 웨이라 제국의 신자들은 괴로워하고 있을 겁니다. 한시라도 빨리 움직여야 합니다."

"상황을 수시로 보고하겠다는 말인가요? 그러면 로이터 님이 엇나가도 제가 바로잡을 수 있다는 거군요."

"과연, 훌륭하게 헤아리셨습니다."

여기가 바로 타협점이라는 듯이 로이터가 바싹 다가왔다.

스피가 이끄는 신자와 로이터가 이끄는 두 파벌의 분위기가 약간 날카로워졌다.

(같은 편끼리 다투고 있을 상황이 아니야…….)

로이터는 아스테라가 신탁을 내린 '검성'이며, 모험가 시절부터 아스테라교에 충실하고 열심히 봉사했던 인물이다.

스피가 결국 고개를 끄덕였다.

"알겠습니다. 이 스피의 이름으로 진·아스테라교에 관한 권한, 신성공화국에게서 부여받은 특권의 이용을 허가합니다. 아스테라님께 임명받은 '검성'의 힘과 덕을 발휘해주십시오."

"반드시 그리하겠습니다."

그러나 이건 로이터가 깔아둔 포석이었다.

이렇게 웨이라 제국에 다른 나라의 손이 뻗치기 시작했다.

◇

루이나의 사망 소식이 세간에 퍼지고 일주일이 지났다.

우리는 웨이라 제국의 가장자리에 있는 마을에 와 있었다.

인근 소국과의 교역로가 지나는 길목이라 다른 마을보다 규모가 크고 길도 잘 닦여 있었다.

루이나와 리프는 이곳을 임시 거점으로 삼았다.

"어떤가, 알겠는가?"

"그래. 연기처럼 흐릿하지만, 마법이 깔린 게 보여."

리프가 마력을 볼 수 있는 내게 '임라리'를 직접 확인하라고 했기에, 이렇게 둘이서 마을 외벽에 나와 있었다.

"흠, 역시 그런가. 이곳이 마법 효과의 한계점이로군. 마법을 넘겨받은 후로 꾸준히 개량한 모양이야. 생각보다 효과 범위가 넓어졌다네. 일이 어렵게 됐구먼."

"상당히 강력한 마법인 것 같은데, 다들 들어가도 괜찮을까? 내가 단독으로 침입하는 편이 낫다는 생각이 들기 시작하는데."

다 같이 들어갔다가 아군 모두가 적으로 돌변하면 본말전도다.

하지만 리프는 생각이 있는지 가슴을 펴면서 믿음직스러운 얼굴로 고개를 끄덕였다.

"안심해라. 결국은 이 몸이 만들어낸 마법이니 말이야. ……다만 이렇게 상시 전개하는 이유를 모르겠구먼. '임라리'는 대상의 마음을 무의식중에 유도하는 마법일세. 그래서 한 번 걸면 반복하지 않아도 효과가 유지되는데……."

유지된다고……? 아니, 그럼 설마?

내 안에서 하나의 예감이 생겨났다.

"거기 두 사람~! 루이나가 불러~!"

외벽 아래쪽에서 실라가 손을 흔들며 우릴 불렀다.

"알았어! 지금 갈게!"

나는 리프와 시선을 교환하고 외벽에서 내려갔다.

내 예감은 적중했다.

한 번 세뇌하면 이후는 마법을 계속해서 걸 필요가 없다. 즉 이미 세뇌당한 사람은 마법의 범위 밖에서도 세뇌의 영향을 받게 된다는 의미다.

"웨이라의 부대가 움직이기 시작했다. 수도에 대기하던 1, 3, 4, 8군이다."

루이나가 파악한 정보를 공유했다.

"강한가?"

네림이 물었다. 그녀는 이 시대의 군사력에 관해서는 아직 지식이 없을 것이다.

"물론 강하지. 최강국인 웨이라의 주력대이니까. 제1군과 제3군의 수장은 이라츠와 바시나다. 지드와도 면식이 있지. 기억하나?"

"으~음?"

나는 고개를 갸웃했다.

이름을 들은 적이 있는 것 같기도 하고, 아닌 것 같기도 하고.

"바시나는 원래 S랭크였던 남자라네."

"이라츠는 순수한 무가 출신이다. 대대로 웨이라 제국을 섬기고 있고 군장을 역임하고 있지."

리프와 루이나가 말했다.

하지만 역시 감이 오지 않았다.

쿠에나가 기가 막힌다는 표정으로 보충 설명을 붙였다.

"바시나와는 신성공화국 용사 시험에서 만났잖아. 기억 안 나? 원래 제0군의 군장이었는데 너한테 깨져서 강등당한 녀석."

"아아, 누군지 알 것 같다. 부군장이 됐다고 했었나?"

"다시 승격했다. 지드에게 당한 것 외에는 오점이 없었으니까."

왠지 좀 미안한데.

실라가 손을 들었다.

"그래서! 군대가 왜 여기까지 온 거야? 들킨 거야?"

"그래, 보도기관을 써서 대대적으로 알렸으니까. 내 생존과 전력의 집결 장소를."

"대담하네……."

루이나의 너무나도 공공연한 행동에 쿠에나가 볼에 손을 댔다.

확실히 일부러 적을 끌어들이는 짓이다.

"상관없잖아? 시간을 들여도 상대가 유리해지기만 할 뿐이니 이쪽으로 오도록 하는 편이 수고를 덜 수 있지. 그래서 모험가 길드 쪽은 사람이 얼마나 모일 것 같나?"

"S랭크 한 명과 두 파티, A랭크 네 명과 열 파티가 모였네. B랭크 이하까지 포함하면 수백 명 정도군."

"수는 적군. 하지만 질은 기대해도 되겠지?"

"물론. 머릿수만 갖출 거면 만 명도 문제없지. 하지만 이번에는 수 싸움이 아니니까. 다만, 개전에는 때맞추지 못할 걸세."

"그럼 의미가 없잖나."

"나하하."

쓴웃음을 지으며 리프가 볼을 긁었다.

"그럼 결국 우리만으로 싸우나?"

이곳은 원래 교역 거점이 되는 마을이다. 국경 부근의 특성상 방위 기능과 전력이 갖추어져 있으니 전투를 치르기 쉬울 것이다.

그리고 루이나의 부름에 응해서 세뇌 마법에 걸리지 않은 병사들도 모이고 있다. 적어도 이 마을은 우리 편이라 봐도 좋을 것이다.

하지만 리프는 내 예상과는 달리 고개를 저었다.

"흐흥~. 슬슬 이 몸이 나설 차례겠구먼."

리프가 턱에 손을 대고 자신만만한 표정을 지었다.

아무래도 자신이 있는 모양이다.

◇

지평선 저편에서 수만 명의 사람이 나타났다.

땅이 흔들릴 정도의 대행진이다.

국기는 내걸지 않았지만, 장비로 웨이라 제국 사람이라는 걸 알 수 있었다.

그들 앞에는 행진을 가로막듯 한 귀여운 소녀가 서 있었다.

무릎까지 내려오는 보라색 머리카락에 동글동글한 황금색 눈동자를 지니고 있었다.

대륙 전토에 이름을 떨치는 길드의 마스터이며, 한때는 현자라 불렸던 인물이다.

"풍어로구나~."

눈 부신 태양을 손으로 가리면서 그럴 만도 하다며 중얼거렸다.

마물조차 피하는 대군세를 상대로 티끌만큼의 두려움도 품지 않은 목소리였다.

"자 그럼, 해볼까."

리프가 팡 하고 손뼉을 쳤다.

그 마법의 속도는 음속과 동등했다.

지드라면 일사불란한 마력의 반구가 리프를 기점으로 전개된 것을 알 수 있었을 것이다.

(여기에 닿으면 세뇌를 해제할 수 있다만——.)

의도와는 달리, 리프의 마법이 무언가와 충돌했다.

군대를 지키는 마법이 돔 형태로 전개되어 있었다.

마력의 흐름을 방해하는 방어막이 아니라 세뇌를 해제하는 마법에 반응하는 결계였다.

한정적인 이유는 아군의 마법 공격을 저해하지 않기 위함이다.

"어렵구만~. 대비책까지 준비해놓다니."

불꽃이 공중을 달렸다.

그게 만약 물이었다면 바다에서 파도에 휩쓸리고 있는 듯한 착각에 빠졌을 것이다.

적어도 리프의 시야를 뒤덮을 정도의 불길이 눈앞에 펼쳐져 있었다.

그 불길은 땅을 태우고 후벼팠다.

단 한 명의 소녀를 죽이기에는 명백하게 과도하다.

하지만 이번에는 그걸로도 부족했다.

불길이 흩어지자 상처 하나 없는 리프의 모습이 보였다.

"나 참. 곤란하구먼."

옷에 붙은 흙먼지를 탁탁 쳐서 털어냈다.

옷에도 눌어붙은 자국 하나 없었다.

압도적인 힘의 차이를 보여주는 모습이건만, 군대는 진군을 멈추지 않았다.

제2, 제3의 마법이 발사되었다.

하지만 그것은 악수였다.

"거기인가."

구름보다 높은 곳, 구체가 밤하늘의 별처럼 빛을 발했다.

바로 리프의 '눈'이었다.

시야를 확대하기 위해 띄운 제3의 눈.

제3의 눈은 후방에서 마법을 날리는 부대를 바라보고 있었다.

"이 마법부대는 '아스테라의 추종자'인가……. 그렇다면 봐주지 않아도 되겠군. 날아가라. ──'풍살'."

리프가 말하자 '눈'에서 물방울 같은 것이 떨어졌다.

하지만 그것은 공중에 갑자기 나타난 그림자에 의해 막혔다.

바시나 에이락크.

예전에는 길드에서 S랭크 간판을 맡고 있던 인간 톱클래스의 실력자다.

바시나의 대검이 리프의 마법과 맞닿았다. 키잉 하는 고음이 울려 퍼졌다. 동시에 충격파가 사람들과 나무들을 날려버렸다. 멀리 떨어진 리프의 긴 머리칼이 흔들릴 정도였다.

"뭐냐. 막혔나."

큰 기대는 안 하고 있었는지 크게 놀라지 않았다.

하지만 그 마법이 땅에 닿았다면 마법부대는 전멸했을 것이다.

그렇기에 바시나가 호위를 하고 있었다.

리프의 시야에 선봉의 얼굴이 보이기 시작했다.

맨 앞에 서 있는 자는 이라츠 아이바흐. 웨이라 제국 제1군의 수장이었다.

"음."

리프가 이라츠를 알아본 순간, 이라츠가 연기와 함께 사라졌다. 검은 선이 찰나의 순간에 코앞까지 바싹 다가와 있었다.

리프가 씨익 웃었다.

"전이."

리프는 어느새 적군의 중앙에 서 있었다.

전이에는 몇 가지 발동 조건이 있다.

전이할 곳을 알아야 하고 이미지가 있어야 한다.

그렇다면 리프는 사전에 적의 마법부대가 올 곳을 예측하고 주변을 미리 조사한 한 것일까?

아니다.

사전에 준비해둔 '눈'을 병용하여 원래는 지각할 수 없는 장소에도 자유자재로 전이하는 지극히 고도의 기술이며 리프가 좀처럼 보여주지 않는 진지한 전투 스타일이다.

"원래는 상대와 거리를 유지하면서 싸우기 위해 사용하는 피난용 마법이다만."

리프가 어깨를 으쓱였다.

공중에는 바시나.

방금까지 리프가 있던 곳에는 이라츠.

둘 다 군대의 주력이며 마법부대의 호위이다. 둘을 제외하고 리프와 근거리 전투를 수행할 수 있는 자는 없다.

"그럼."

리프가 검지를 세웠다.

곧 손끝에서 알사탕 크기 정도의 바람의 구체가 나타났다.

그것은 우툴두툴 기괴하게 형태를 바꿔 작은 창의 무리를 이루었다.

구체에서 창이 무수히 돋아나 있는 듯한 형태다.

"작별이다, '풍창'."

작은 창은 사람을 죽이기 위한 크기로 변화하면서 사방팔방으로 흩어졌다.

모든 이가 꿰뚫려 마법부대는 전멸했다.

그 후에 리프는 남은 제국군에게 세뇌를 해제하는 마법을 썼다.

우리는 야영지의 텐트에 있었다.

텐트 안에는 루이나, 유이, 리프, 그리고 나와 나머지 두 명이 있었다.

"죄, 죄죄죄, 죄송합니다! 저 이라츠! 평생의 불찰입니다!"

이라츠가 머리를 땅에 부딪치면서 납작 엎드려 빌었다.

상대는 루이나 웨이라.

자신의 상사이자 여제다.

루이나는 호화로운 소파에 앉아 이라츠를 내려다보고 있었다.

"신경 쓰지 마라. 너희 둘이 조종당할 정도였다면 어쩔 도리가 없지."

이라츠 옆에는 바시나도 있었다.

그도 이라츠와 마찬가지로 납작 엎드려 있었다.

좀처럼 실수하지 않는 타입인 만큼 과하게 반성하고 있는 모양이다.

나와 싸운 뒤에도 이런 느낌이었을까.

새삼스럽지만 죄악감을 느꼈다.

오히려 좀처럼 실수하지 않는다면 그렇게까지 머리를 조아리지 않아도 된다고 생각하지만, 그들의 충성심이 그렇게 하도록 만들고 있는 것이리라.

"그래 그래. 그건 이 몸이 발안한 마법이니 말이야. 애송이가 저항하는 건 불가능하지."

리프는 캇캇캇 하고 웃고 있었다.

우쭐거리고 있긴 하지만 주위의 시선은 싸늘하다.

그중에서 가장 시선이 차가운 사람은 루이나였다.

"애초에 네가 만들지 않았다면 누구도 조종당하지 않았겠지."

"멍청한 놈. 그렇게라도 하지 않으면 '아스테라의 추종자'가 믿어주지 않았을 게야."

"다른 마법이라도 괜찮지 않은가."

"그럼 웨이라 제국을 날려버리는 마법을 제공했어야 했나?"

"······칫."

리프와 루이나가 티격태격 싸웠다.

리프 덕분에 전황이 호전되고 있으니 뭐라 할 수 없는 것 같다.

리프······ 제대로 반성하고 있는 거 맞아?

언젠가 루이나에게 호되게 당할 것 같다.

"그래서 앞으로의 예정은 어떻게 하실 생각이십니까."

이라츠가 쭈뼛거리는 모습으로 물었다.

"웨이라의 체면을 지킬 전력은 되찾았으니, 세뇌당하지 않은 부대와 산하 국가에 요청하여 총력전을 펼친다."

"괜찮겠습니까? 산하 국가라고 해도, 틈을 보이면 칼을 꺼내 들 세력이 많습니다. 적을 늘리는 격이 될 수도 있습니다."

"'아스테라의 추종자'에게 복종할 세력은 이미 포섭당했겠지. 뭐, 이쪽에는 최강의 군사력을 지닌 웨이라 제국과 최강의 무력 집단인 길드, 그리고——."

"대륙 최강의 개체로군요."

이라츠가 나를 봤다.

아마 날 가리키는 표현이겠지만, '개체'가 뭐냐. 사람에게 쓰는 말이 아니다.

불만을 태도로 드러내서인지 이라츠가 나에게서 눈을 돌렸다.

"그렇다면 제가 참견할 수 없겠군요."

"너희에겐 주위의 경계를 맡기마. 소집한 아군에게는 웨이라 제국의 국기를 게양하도록 전해뒀으니 같은 편끼리 싸우는 건 피해라."

"알겠습니다."

이라츠와 바시나가 텐트에서 떠났다.

리프가 말했다.

"이번 일로 이 몸이 적대한다는 것은 '아스테라의 추종자'에게 알려졌겠지. 이제 돌아갈 수 없겠군."

"뭐냐, 아쉬운가?"

루이나가 농으로 응했다.

여기서 리프도 적대하면 성가시겠지만, 그렇게는 되지 않을 것이라 확신하고 있을 것이다.

"바보 같은 소리 말게. 더 이상 내부의 정보가 들어오지 않는 것을 우려하고 있었네."

"그럼 지드에게 스파이 일이라도 시킬까?"

"어, 나 말이야?"

"안심하게. 루이나의 농담이니라. 지드를 익숙하지도 않은 스파이로 쓸 바에는 여기서 날뛰게 해야지."

스파이처럼 약삭빠른 짓은 못할 것 같으니 다행이다.

하지만 이로써 '아스테라의 추종자'와 적대하는 것은 확정이다.

소리아와 스피, 필에 대한 생각이 머리를 스쳐 지나갔다.

제2화 전쟁의 뒤편에서

거점으로 삼고 있는 마을의 건물.

그 복도.

누구든 누군가와 만날 가능성이 있는 장소다.

쿠에나와 에쿠.

에쿠는 정보상을 하고 있고, 쿠에나는 단골손님이라 해도 좋을 것이다.

아는 사이면 말을 거는 것은 필연이다.

"어머, 에쿠잖아. 여기서 뭐 하고 있어?"

"켁! 쿠, 쿠에나 씨, 오랜만입다! 잠깐, 손님과 이야기를……."

쿠에나는 스스럼없었지만 에쿠의 얼굴은 움찔거리고 있었다.

절대로 만나고 싶지 않은 타이밍이었던 모양이다.

에쿠의 노골적인 태도에 쿠에나가 수상하게 여기는 것도 당연할 것이다.

"손님? 이런 곳에?"

"에헤헤, 이런 상황이라 저 같은 녀석은 꽤나 잘 불려간단 말이죠."

그에 대해서는 쿠에나도 동의했다.

전쟁은 서로 죽이기 전에 승패가 정해진다는 이야기도 있을 정도다. 그만큼 사전의 정보 수집은 중요한 일이며, 에쿠 같은 존재는 경시할 수 없다.

"누가 불렀어?"

"예?! 아, 그러니까…… 손님의 정보는 누설할 수 없어서……."

"이쪽 진영이라면 동료일 텐데."

"그래도 역시 이런저런 사정이 있을 테니."

에쿠의 눈이 흔들렸다.

변명이 치졸해졌다.

"너 설마 스파이는 아니겠지?"

"그럴 리가 없죠!"

에쿠가 그 부분만은 딱 잘라 부정했다.

그래서 쿠에나의 눈초리가 더더욱 날카로워졌다.

"그럼 내가 멋대로 따라갈게. 그렇게 하면 딱히 이야기한 것도 아니잖아."

"아니…… 그건…….."

에쿠가 머리를 싸맸다.

쿠에나도 그다지 곤란하게 만들 생각은 없었고, 즐기고 있는 것도 아니었다.

모르는 편이 좋은 경우도 많은 것은 사실이지만, 전쟁에서 그런 속 편한 소리를 할 수 없는 노릇이다.

쿠에나의 한 걸음도 물러서지 않는 태도에 에쿠가 체념하고 몸의 힘을 뺐다.

"알았어요……."

◇

그 방에는 리프와 루이나밖에 없다.

대 '아스테라의 추종자' 부문에서는 사실상 투톱이다.

그녀들의 눈앞에는 지도와 각지에서 올라온 보고서가 나열되어 있었다.

"'아스테라의 추종자'를 지지하는 세력의 연합군이 결성될 줄이야. 자네도 너무 미움받는 것 아닌가."

"길드의 권익을 빼앗으려는 놈들도 보이는데."

아무튼 적이 많았다.

웨이라 제국은 일부를 제외하고 포위된 상황이다.

집결시키려고 한 전력의 행군뿐만 아니라 물자의 유통도 방해받고 있다. 곳곳에서 작은 전투가 발생하고 있을 정도다.

"누군가, 왔군."

리프의 말대로 누군가가 문을 노크했다.

루이나가 입실을 허가하자 얼굴을 비친 자는 정보상 에쿠였다. 뒤에는 쿠에나의 모습도 있었다.

"죄송함다. 쿠에나 씨가 '왜 네가 여기에 있는 거야'라면서 따라와서……."

"그렇다는 건 알아차리고 있었다는 것 아닌가?"

루이나가 질문했다. 그 질문은 쿠에나에게 던져진 것이었다.

"계속 생각하고 있었어. 내가 제국에서 나온 뒤로 모험가로서 살아가기 위해 필요한 것이 너무 잘 갖춰져 있었어. 특히 이 아이라던가."

"과연. 그래서 내가 준비했다고 생각한 모양이로군?"

"그 이외의 답을 듣기 위해 온 거야."

"아니, 내가 준비한 것이다."

루이나가 깔끔하게 자백했다.

쿠에나의 눈이 휘둥그레졌다.

"어째서……!"

쿠에나가 언성을 높였다.

"꼭 지금 알아야만 하겠나?"

"너랑 함께 싸우니까 알고 싶어."

루이나가 어깨를 으쓱였다.

"네가 죽지 않았으면 했다. 그뿐이다."

루이나의 말을 듣고 에쿠가 움찔, 반응했다.

전에 들었을 때는 자기를 닮은 쿠에나가 죽은 모습을 보고 싶지 않다는 식으로 이야기를 했었다.

언뜻 비슷한 것 같지만 전혀 다른 대답이다.

이번에는 쿠에나가 오해하게 만들어 호의를 끌어내려고 하는 듯한 말을 하고 있다.

그런 건 쿠에나도 알고 있었다.

"거짓말이네."

딱 잘라 말했다.

루이나가 다시 어깨를 으쓱였다.

"에쿠. 쿠에나를 달고 오더라도 서두른 이유가 있었겠지. 빨리 보고하도록."

"무슨!"

루이나의 안중에서 쿠에나가 사라졌다.

그 행동은 더 이야기할 것이 없다는 것을 은근히 전했다.

심하게 좋지 않은 취급에 쿠에나가 말을 잃었다.

에쿠도 잠깐 당혹감을 보였지만, 자신이 알아낸 정보를 뇌리에 떠올리면서 입을 움직였다.

"아무래도 연합군이 본격적으로 시작할 모양입니다."

"드디어 오는가. 언제지?"

"정확하게는 모르겠지만, 아마 닷새 이내가 아닐까 싶습니다."

"전력은 어느 정도인가?"

에쿠의 입에서 열강 국가들과 유명한 조직의 이름이 나왔다.

거기에는 신성공화국의 이름도 있었다.

"이쪽은 아직 다 모이지도 못했는데, 예상보다 적이 많아질 것 같구먼."

"이쯤에서 수를 써둘까."

"뭔가 비책이라도 있는 겐가?"

"마을 하나를 부수고 자작극을 벌이는 건 어떤가? 신성공화국이 이단으로 인정한 마을을 불태웠는데 우리가 그걸 퇴치했다는 줄거리로 가지. 희생자는 많이 나오지만, 구심력은 높아진다."

루이나의 눈이 괴이하게 빛났다. 눈빛에는 성공한다는 확신이 담겨있었다. 마치 과거에도 경험이 있는 듯한 태도였다.

"제정신으로 하는 소리야?"

쿠에나가 반발했다.

혐오감 외에도 배신감을 느꼈다.

방금까지 아주 약간이나마 루이나에게 뭔가를 기대하고 있었다.

이유는 모르겠지만 자신을 지켜주고 있었다고, 그렇게 생각하고 있었다.

관계야 어쨌든 일단은 자매이니까.

믿어보고 싶다는 마음이 있었다.

"이것 참. 우리가 이대로 손 놓고 있으면 여지없이 패배다만?"

"확실히 그럴지도 모르지만, 그런 짓을 하는 건 아니라는 생각이 들어."

"어리광부리지 마라. ——우리는 전쟁 중이다. 상대가 너처럼 수단을 가려줄 것 같나?"

"......!"

쿠에나가 숨을 죽였다.

공기가 순식간에 냉각된 것처럼 피부가 차가워졌다.

절대적인 강자와 마주했을 때의 감각이었다.

물론 쿠에나와 루이나가 싸우면 틀림없이 쿠에나가 이길 것이다.

　루이나가 약한 게 아니라 쿠에나가 그만큼 강해졌다. 쿠에나 수준의 실력자는 그리 많지 않다.

　하지만 쿠에나가 기 싸움에서 밀린 건 무력 때문이 아니었다.

　"내가 막 제위에 올랐을 무렵의 일이다. 어느 한 마을이 불탔는 보고가 올라왔지. 변경의 작은 마을이었는데 백 명이 넘는 마을 사람도 모두 죽었다. 이상하지 않나? 상식적으로 생각해보면 몇 명 정도는 도망치거나 마침 마을에 없거나 해서 살아남을 법도 한데 말이야. 이 일로 난 의회에서 추궁을 받았다. 대책이니 책임이니, 온갖 말을 들었지."

　"책임자니까 당연하잖아."

　"그래. 뭐, 그럴 수도 있지. 하지만 난 날 추궁했던 놈들을 죽였다."

　"——!"

　너무나 뜬금없는 행동이라는 생각이 들었다.

　그 결단에 이르기까지 고뇌는 했을 것이다.

　하지만 쿠에나는 당혹감을 숨길 수 없었다.

　"그랬더니 더는 아무도 날 추궁하지 않더군."

　"그건 네가 폭군이라서 다들 입을 닫았을 뿐이지……!"

　"물론 내가 무서워서 입을 다문 자들도 있겠지. 하지만 내게 돌아온 건 그놈들이 마을을 불태우도록 계획했다는 증거였다."

"……그 모든 게 정쟁이었다는 거야?"

"그렇지. 자작극으로 날 제국에서 끌어내리고, 입김이 닿은 꼭두각시를 위에 앉히려고 한 거다. 아마 너나 다른 유서 깊은 혈통을 가진 자를 올려놓을 생각이었겠지."

모르는 곳에서 자신이 정쟁에 휘말렸다는 이야기에 쿠에나는 입을 다물었다. 사실 얼마든지 있을 법한 이야기였지만, 모험가 생활을 해나감에 따라 차츰 잊고 있었다.

갑자기 루이나가 미소 지었다.

"참고로 마을을 불태운 건 나다."

"뭐?!"

쿠에나가 당황했다.

순간적으로 목소리가 나온 것만큼은 칭찬할 만한 일일 것이다.

"날 추궁하던 놈들은 선대부터 제국을 섬긴 재상의 세력들이었다. 놈들을 배제하고자 구실을 달아서 제거한 거지. 하지만 결과는 어떤가? 넌 내가 피해자라는 거짓을 믿어버리지 않았느냐."

쿠에나는 본능적인 혐오감을 느꼈다.

눈앞에 있는 생물이 같은 인간이라는 생각이 들지 않았다.

쿠에나의 빨간 눈동자가 불꽃처럼 흔들렸다.

"너……!"

"그렇게 화내지 마라. 요는 간단하다. 다른 사람의 죽음이 아무래도 상관없다는 말이 아니다. 다만 가장 중요한 것은 자신이라는 거다. 자신이 먼저고, 다음이 주변이다. 다른 사람에 대한 진실이 어떻든 상관없다. 알고 있나? 생물은 자기 형편에 좋은 정보밖에 믿지 않아. 기본적으로 본능은 옳다. 만약 허위일 가능성이 있는 정보 두 개가 제시되면 넌 어느 쪽을 고를 거지? 분명 도덕이나 윤리 같은 걸 따지며 '정의'를 믿겠지. 실제로 넌 지금 나에게 정의가 있다고, 내가 죽인 건 '마을 사람을 죽인 나쁜 사람들'이라고 멋대로 믿었지. 그 사고방식을 부정하진 않아. 난 정의를 이용하는 가짜야. 정의의 그늘에서 나와 내 주변이 이득을 보는 선택을 하지."

타이르는 듯한 말투로 말했지만, 역시 쿠에나는 이해해줄 수 없었다. 그건 타고난 천성일지도 모른다.

루이나도 그걸 알고 있었다.

"신에게 사랑받는 건 쿠에나인가, 나인가. 그건 불명하다. 하지만 인간이라면 어떨까. 쿠에나 곁에 있는 인간은 쿠에나를 선택하겠지. 내 곁에 있는 인간도 쿠에나를 선택하겠지. 하지만 날 사랑하지 않더라도 내 선택이 영리하다고 생각하는 인간이 있다. 그리고 그들은 날 선택하겠지. 사회에서 성공하는 나처럼 살아가는 방식을 말이야."

루이나가 단언했다.

쿠에나의 눈이 감겼다.

그다음에 눈에 뜨인 것은 1초 정도 뒤일까.

변화가 있었다. 그 눈동자는 그저 차가웠다.

"이 전쟁은 네가 졌으면 좋겠어. 네가 죽는 게 좋을 것 같아. 그렇게 생각하는 건 분명 내가 웨이라 제국의 더러운 방식을 알아 버렸기 때문이겠지. 하지만 난 무엇보다 지드가 소중해. 그 녀석을 죽이려는 집단이 상대라면, 난 웨이라 제국 측에 붙을 수밖에 없어."

"역시 내 동생이군."

루이나의 표정은 면전에서 욕을 얻어먹었다고는 느껴지지 않을 정도로 산뜻했다.

갑자기 쿠에나의 불꽃의 검이 루이나의 목덜미에 육박했다.

철저하게 방관하고 있던 리프와 에쿠가 반응했지만, 멈췄다.

쿠에나의 검은 피부에 스치지도 않고 멈춰있었다. 조금이라도 타이밍이 어긋났으면 목이 날아갔을 것이다.

"괜찮나? 죽이지 않아도. 유이가 없는 지금이 기회야."

루이나의 목이 치직치직 하고 탔다.

그걸 알아차려서인지, 아니면 다른 생각이 있어서인지 쿠에나가 검의 불꽃을 흩어버렸다.

"넌 악을 악이라 인식하고 있어. 아직 멈출 수 있어. 그러니까…… 이 싸움이 끝나면 이상한 짓은 안 하겠다고 말해주면 좋겠어."

그게 쿠에나의 타협점이었다.

"이상한 짓 말이지."

크크, 하고 루이나가 웃었다. 그리고 이어서 말했다.

어린애 같은 말장난에 쿠에나가 순진무구하다는 것을 헤아린 것이다.

"약속은 하지 않아. 하지만 개인으로서는 지향하겠다고 맹세하지."

"……."

의미심장한 표현이었다.

하지만 쿠에나가 그 이상 언급하는 일은 없었다.

그저 방에서 떠나갔다.

"이런 중대사를 두고 자매끼리 싸우다니 곤란하구면."

리프가 한숨을 쉬듯이 중얼거렸다.

"용서해주게. 식은땀이 나는 공격이었어."

"이 몸이 있는데?"

"쿠에나의 일격을 막을 수 있었나?"

"쿠에나는 나날이 강해지고 있네. 젊으니 말이야. 하지만 역시 젊기에 움직임을 파악하기 쉽지. 공격은 막혀있었네."

"그런가."

"그래서. 진짜로 마을을 불태운 건 어느 쪽이었지?"

"엑."

에쿠가 놀랐다.

루이나가 한 이야기의 진위를 그대로 받아들이고 있었기 때문이다.

리프는 말로 표현하지 않고 넌지시 전하고 있었다.

쿠에나와 마찬가지로 루이나도 아직 어린애라고.

"크큭. 역시 방심할 수 없군."

루이나가 웃었다.

그건 결코 허세 같은 게 아니었다.

"좋게 평가해줘서 영광이네만, 이 몸도 진상을 모르는 채로 끝내면 곤란하네. 어느 쪽이 거짓이었느냐에 따라 자네라는 인물을 다시 생각해야만 하지."

"이야기의 진위가 궁금하면 멋대로 조사해 보도록. 나에게 해가 되지 않는다면 아무 상관 없다."

루이나는 리프의 문답에 어울려줄 생각이 없는 듯했다.

리프 일행의 호출을 받았다.

도중에 쿠에나와 실라, 네림과 합류한 뒤에 한층 더 크고 호화롭게 장식된 텐트에 들어갔다.

안에는 루이나와 군장이라 불리는 녀석들이 모여 있었다.

"다들 모였군."

가장 먼저 말을 한 사람은 루이나였다. 이어서 리프가 입을 열었다.

"연합군이 모이기 시작한 것 같다. 우리는 구심점 역할을 하는 세력을 친다."

"어디야?"

루이나가 질문하는 쿠에나를 봤다.

루이나가 딱 한순간 눈을 내리뜬 것 같다는 느낌이 들었다.

무슨 일이 있었던 걸까.

그런 의문을 내버려 두고 루이나가 말했다.

"——신성공화국이다."

심장 소리가 쿵 하고 튀어 올랐다.

나의 동요는 아무도 눈치채지 못했을 것이다.

하지만 리프와 루이나가 나를 언뜻 본 것은 놓치지 않았다.

반대로 말하자면 한순간밖에 보지 않았다.

그건 날 염려하거나 경계해서 나온 행동일 것이다.

어쨌든 난 리프 일행을 배신할 생각은 털끝만큼도 없다.

하지만 소리아나 필과 싸울 가능성을 생각했을 때, 역시 심장 소리가 평소보다 빨라졌다는 걸 알 수 있었다.

이미 소리아 일행은 신성공화국의 중심부인 신도에서 출정해 있었다.

소리아의 이동 수단은 행군에는 어울리지 않는, 귀족 아가씨가 탈 법한 마차였다.

하지만 그건 소리아가 그만큼 특별하다는 증거였다.

"쟁쟁한 면면들이 모였네요."

소리아를 호위하는 검성 (이미 '진짜'가 있는 시점에 그렇게 부르는 자는 적지만) 필이 말을 걸었다.

"언젠가 루이나 님과는 싸울 날이 올지도 모른다고 생각은 했지만……."

소리아가 말끝을 흐렸다.

보이지 않는 곳에서든 표면적으로든 루이나와 소리아가 충돌하는 일은 있었다. 루이나가 신성공화국에 이를 드러낸 것은 한두 번이 아니다.

하지만 지금 상황은 어떨까. 소리아가 동정을 금할 수 없을 정도로 전력 차이가 난다.

"웨이라 제국은 사실상 와해했고, 루이나는 변경에서 잔존병력을 모으고 있습니다. 하지만 2만 명도 채 안 되겠죠. 반면에 쿠데타 측은 한 달 내에 약 15만은 모일 것으로 예상됩니다. 압도적 우위네요."

유례가 없을 정도로 약자를 괴롭히는 싸움이 될 수도 있다.

소리아 일행이 봐도 의외였다.

루이나는 그 정도로 신망이 없는 여제였을까.

소리아가 돌이켜보듯이 중얼거렸다.

"길드가 그녀에게 가세했다는 이야기도 있던데요."

"그건……."

정보가 적다.

이런 상황에 움직이기에는 불안 요소가 많다.

소리아도 냉정하게 상황을 조감하는 것이 중요하지 않을까 하는 생각이었다.

전쟁을 해서는 안 된다.

하지만 소리아와 필이 움직이는 데는 복잡한 이유가 있었다.

그건 진·아스테라 교단의 지시였다.

신성공화국은 공화제인 동시에 신앙을 중시하는 나라다. 말할 것도 없이 국교는 여신 아스테라를 신봉하는 진·아스테라교다.

소리아 일행은 신성공화국에서도 특수한 기사단인데, 기본적으로 세 개의 방침을 축으로 삼아 행동하고 있다.

하나는 소리아를 따르는 것.

또 하나는 신성공화국 상층부의 명령.

마지막은 진·아스테라교의 '부탁'이다.

기사들의 급료는 신성공화국이 지급하고 있지만, 세 방침 중에서 앞쪽에 위치하는 자의 명령일수록 우선된다. 즉 소리아가 첫 번째다.

그런데 신성공화국은 그걸 용인하고 있다. 소리아라는 큰 간판이 신성공화국을 안정시키는 요인 중 하나라는 것을 모두가 인정하고 있기 때문이다.

그만큼 소리아는 인정받을만한 업적이 많다. 그녀에게 트집을 잡는 게 오히려 이상하다고 할 수 있다.

반대로 말하자면 신성공화국이 형식적으로 '명령'이라 하는 것도 기사들 입장에서는 '소리아 님이 신성공화국의 말을 듣는다면'

이런 정도의 생각을 하며 듣는 것이었다. 필의 언동이 바로 가장 좋은 예일 것이다.

그러니 국교이자 소리아 일행이 신봉하고 있는 진·아스테라교의 '부탁'은 우선도가 가장 낮다.

진·아스테라교는 기사단을 운영하는 공화국과는 어디까지나 다른 조직이며, 소리아가 사제로 임명된 데서 오는 의리와 인정으로 들어주는 부분이 있다.

소리아에게도 어느 정도의 급료가 나오지만, 사실상 자원봉사다. 오히려 급료를 주는 대신 소리아라는 이름을 쓰고 있으니 상호 조력 관계이다.

구 아스테라교 시절에는 상황이 달랐겠지만, 현재의 소리아와 진·아스테라교는 그런 입장에 있었다.

하지만 이번에는 평소와는 달랐다.

진·아스테라교가 지시를 내린 것이다.

그건 소리아와 기사단에게 내린 것이 아니다.

신성공화국에게 내린 것이다.

아마 연합군 안에도 같은 이유로 파병한 나라나 조직이 있을 것이다.

그리고 진·아스테라교의 지시를 받은 신성공화국은 소리아 일행에게 명령을 내렸다. 웨이라 제국의 쿠데타를 지원하고 루이나와 잔당들을 토벌하라고.

신성공화국과 진·아스테라교라는 두 개의 집단이 기사단에게 움직이라고 한 것이다.

즉 세 개의 행동방침 중 두 개가 클리어된 것이 된다.

상당히 이상한 상태였지만, 여기서 움직이지 않으면 소리아 일행이 설 곳이 없어진다.

물론 지위나 권력, 돈 등에 속박되는 인물은 아니지만, 느긋하게 있을 수 있는 상황이 아니다.

"실례합니다! 스피 님의 연락이 있었습니다!"

"스피 님이?"

말을 탄 전령병이 말에서 내려 건넨 것은 정육면체 매직 아이템이었다.

한 면은 거울이지만 다른 면은 전부 검은색 커버로 가려져 있었다.

좌우에는 색깔이 있는 몇 개의 버튼이 있고 간단한 설명도 적혀있었다.

크기는 손바닥보다 큰 정도다.

연락용 매직 아이템은 다양하지만 가장 지명도가 높은 것은 수정형이다.

수정형은 안정적으로 넓은 범위에 연락할 수 있지만, 마력을 주입해야 하고 깨지기 쉽다. 전장에서는 파손 위험이 있다.

소리아의 기사단이 보유한 정육면체형 매직 아이템은 아이템 자체에 마력 저장이 가능하고 비교적 튼튼하다. 다만 연락처와 미리 연결해야 하고 통신 안정성이 약간 떨어진다는 단점이 있다.

소리아가 오른쪽의 빨간 버튼을 눌러 창을 띄웠다.

"들리나요, 스피 님."

"네, 소리아 님, 응답 감사합니다."

화면 너머에는 어수선한 광경이 비치고 있었다. 어째 신자가 자료를 끊임없이 조사하거나 옮기거나 하고 있었다.

웨이라 제국과 전쟁을 하는 상태이니 어쩔 수 없을 것이라고 소리아는 판단했다.

"어떤 용건으로 연락하셨나요? 이미 웨이라 제국의 국경 부근이라 시간을 그다지 길게는 낼 수 없는데…….

"그겁니다. 이번 전쟁에서 최대한 희생자가 나오지 않도록 해주세요."

"희생자요?"

희생자를 최소화하는 건 당연한 일이다.

하지만 굳이 거듭 당부했다. 이는 부상자를 내는 것도 조심하라는 의미. 결국 전장에서는 소극적으로 행동하라는 뜻이었다.

철저하게 적에게도 아군에게도 피해가 가지 않도록 움직이라는 건, 적과의 관계가 변할 수도 있다는 암시나 마찬가지였다.

"……무슨 일이 있던 거죠?"

"지금 이번 사태와 로이터 님에 관한 정보를 수집하는 중인데, 제가 전혀 모르는 곳에서 아스테라 님을 신봉하는 집단이 활동하고 있다는 정보가 들어왔습니다."

"진·아스테라교 소속이 아닌 건가요?"

"그 집단의 구성원은 출신이 다양하여 꼭 교단 사람만 있는 건 아니라고 해요. 다만 문제는 그들이 권력자라는 점이에요. 그들은 자신을 '아스테라의 추종자'라고 칭한다고 하더군요."

"말도 안 돼요! 그런 집단이 있다면 저와 스피 님이 지금까지 모를 수가……."

소리아는 단언은 하지 않았지만, 각국의 수뇌급과는 한 번은 꼭 만났다. 그만한 영향력은 가지고 있었다.

그렇기에 자신이 모르는 거대한 조직이 있다는 사실에 놀라움을 감출 수 없었다. 하물며 아스테라 관련이라면 더더욱.

"이번에 교단에서 내려온 지시는 로이터 님이 대대적으로 수행하고 있다는 건 알고 계시죠?"

"솔직히 전 놈을 그다지 믿을 수 없습니다."

필이 옆에서 솔직한 의견을 말했다.

똑같이 검성이라 불렸던 자존심이 있어서 그렇게 말했을 것이다.

소리아는 부정하지는 않았지만 타이르듯이 말했다.

"아스테라 님께서 신탁으로 선택하신 분이니 사상이 악한 쪽으로 기울어져 있진 않을 거예요. ……하지만 선의로 악행을 하는 경우도 있죠."

스피가 본론으로 이야기를 되돌렸다.

"어쩌면 로이터 님이 '아스테라의 추종자'를 지휘하는 측의 사람일지도 모른다는 이야기가 나오고 있어요."

그 고발을 듣고 소리아도 필도 놀라진 않았다.

이 전쟁의 진의가 보이지 않았던 만큼, 다른 내막을 어렴풋이 예상했기 때문이다.

"놈들의 목적은 파악하신 겁니까?"

필의 물음에 스피가 고개를 저었다.

"아뇨. 아직 부하가 조사하는 중이에요. 곧 판명될 겁니다."

"과연, 그래서 최대한 피해가 나지 않도록 지시하신 거군요."

어쩌면 적은──.

세 사람 모두 부주의한 말을 할 생각은 없었다.

하지만 모두가 예감하고 있었다.

로이터의 반의를.

"예. 희생자가 많이 나오지 않도록 해주실 수 있나요?"

"네, 알겠습니다."

어느 쪽으로 추세가 기울지 모르기 때문에 섣불리 공격할 수 없게 되었다.

마지막으로 가벼운 근황 보고를 주고받은 후 연락을 마쳤다.

그와 동시였다.

기사단의 움직임이 멈췄다.

그것은 조우전의 신호이기도 했다.

필이 바깥에 얼굴을 내밀었다. 소리아에게는 위험이 미치지 않도록 안에서 대기하도록 했다.

"어, 어째서 네가 여기에 있는 거냐!"

필이 당황한 모습은 소리아도 보기 드문 모습이었다.

천부적인 재능을 부여받은 검사는 냉정하고 침착한 경우가 많다. 특히 전장에서는.

"왜냐니…… 적이라서 그렇겠지."

소리아는 그 목소리를 들은 적이 있었다.

마차에서 얼굴을 내밀고 등골이 오싹해졌다.

거리를 두고 서 있는 사람은 지드, 쿠에나, 실라 세 사람뿐. 낯익은 얼굴이고, 특히 지드와는 몇 번이나 함께 싸웠다.

구원받은 뒤로 몇 번이고 애타게 그리워했다.

그런 지드에게 이상하기까지 할 정도의 공포심을 가지고 있었다.

"지드 씨……!"

소리아는 이유를 알 수 없는 두려움을 품고 마차에서 내리면서 말을 걸었다. 필이 소리아 옆에 지키듯이 섰다.

"오랜만이네."

말을 걸어주는 것만으로도 기쁨이 복받쳤다.

하지만 소리아에게는 이루 말할 수 없는 공포가 있었다.

소리아가 기분을 달래듯이 좌우를 보니 경계하느라 몸을 긴장시키고 있는 기사들의 모습이 보였다.

모두가 수라장을 헤쳐 나온 경험이 있는 강자뿐이지만, 단 한 남자의 존재감에 떨고 있었다.

그건 필도 마찬가지였다.

필은 소리아의 명령 여하에 따라 지드에게 검을 휘두를 수도 있다.

그런 충성심을 소리아에게 바치고 있다.

그래서 이곳에서 소리아와 자신이 목숨을 잃는 참혹한 상상까지 하고 말았다.

문득 소리아가 깨달았다.

(아아…… 이게 지드 씨가 '적'일 때 느끼는 섬뜩함이구나.)

어수선한 기사들을 보고 소리아만이 냉정함을 되찾았다. 그건 소리아가 후위로서 싸우고 있기에 알아차릴 수 있는 것이었다.

"여러분, 검을 거두세요. 전 지드 씨와 이야기를 하겠습니다."

"괘, 괜찮겠습니까?"

필이 확인했다.

적과 대화하는 것은 비난을 받으면 받았지, 칭찬은 받지 못한다. 서로 목숨을 뺏고 빼앗기는 싸움을 한다면 반드시 속고 속이게 되니 그건 당연하다고 할 수 있다.

하지만 소리아는 그런 경계심이 느껴지지 않는 무구한 미소를 지었다.

"괜찮으면 필도 와."

"아, 네……."

필은 독기가 빠진 기색으로 검을 칼집에 집어넣었다. 그것을 계기로 일대의 긴장된 분위기가 사라졌다.

"미안해. 고마워."

지드가 뒤통수에 손을 대면서 미안한 듯이 말했다.

그 또한 싸우고 싶지는 않다고 바라는 자였다.

◇

난 각오하고 있었다.

소리아와 싸운다고, 필과 싸운다고.

하지만 예상과는 달리 소리아는 냉정했다.

상황을 수습하고 내 이야기를 들어주었다.

그래서 나도 숨기지 않고 이야기했다.

'아스테라의 추종자'에 대해서.

과거의 용사 파티에 대해서.

웨이라 제국에서 일어나고 있는 세뇌에 의한 쿠데타에 대해서.

내 설명이 부족해도 쿠에나와 실라가 보충해줘서 나름대로 잘 설명한 것 같다.

소리아는 납득이 간 듯한 표정을 짓거나, 복잡해 보이는 표정을 짓는 등 다양한 표정을 보여줬다.

"──그래서 이 상황까지 왔는데…… 질문 있어?"

"산더미처럼 있어요."

"물론 답해줄게."

상당히 오래 이야기해버렸다.

소리아는 이야기를 하는 사이에도 진득하게 이야기를 들어줬다.

이번에는 우리 차례다.

"아뇨, 지금 문답을 주고받는 건 시간이 아까워요. 저도 싸울 생각은 없으니까요."

대답이 상당히 시원스럽다.

약간 의심이 생겨 그 의심을 풀기 위해 반대로 질문했다.

"소리아는 내가 강하다고 생각해?"

"네. 지드 씨를 이길 수 있는 사람은 없어요."

"그럼…… 싸우지 않은 건 내가 무서워서야?"

"네?"

소리아가 의외라는 듯이 눈을 휘둥그레 떴다.

질문의 의도를 파악하지 못했을 가능성도 생각해서 새로 말을 덧붙였다.

"아마 난 소리아에게 폐를 끼치고 있을 거야. 이건 아스테라의 위광을 부수는 꼴이고, 그렇다고 소리아가 물러나면 신성공화국에서 처지가 어려워지겠지."

"절 배려해주고 계셨군요."

"그야…… 뭐."

힘이라던가, 그런 요소는 배제하고 이야기하고 싶었다.

난 내가 부족한 부분이나 바보 같은 부분을 알고 있다고 생각한다. 그래서 힘을 내세워 누군가의 의지를 속박하는 행위는 피하고 싶었다.

"지드 씨, 안심하세요. 전 꽤나 교활하고 빈틈없어요."

소리아가 나에게 다가오면서 계속 말했다.

"분명 전 아스테라 님의 위광을 방패로 삼고 있어요. 그 위광에 의지해서 각국을 왕래하고 있어요. 하지만 죽음을 마다하지 않을 정도의 믿음은 없어요. 그저 이용하기 편해서 이용하고 있을 뿐이에요."

적의는 없다.

"그렇게 교활하지만 그래도 필은 제 곁에 있어요. 더 좋은 대우를 받을 길도 있는데도요. 모두 믿어주고 있어요. 그 증거로, 보세요. 지드 씨에게도 이만큼 다가갔어요."

소리아가 한 걸음만 더 가면 닿는 곳에서 멈춰 섰다.

그리고 양손을 내 볼에 대고 잡아당겼다.

"그래서 이런 기습도 할 수 있는 거예요."

"아화(아파)."

소리아의 얼굴은 장난을 성공시킨 아이처럼 천진난만하게 웃음을 띠고 있었다.

그리고 약간 강하게 꼬집혔다.

"전 화내고 있어요. 지드 씨가 무서워서 제가 안 싸운다고요? 아니에요. 지드 씨가 좋으니까 안 싸우는 거예요. 분명 동료였던 사람들과 적대하는 결과를 맞이할지도 몰라요. 하지만 지드 씨의 위기를 간과하고 싶지 않아요."

소리아가 손을 확 놓았다.

아직 욱신거리는 아픔이 있어 열기를 띤 느낌이 들었다.

하지만 그 열은 신기하게 안 좋은 느낌이 들지 않았다.

"하나만 물을게요."

"어, 어어, 뭐든 물어봐."

내가 머뭇거리고 만 것은 떠올려버렸기 때문일 것이다.

대화 속에 자연스럽게 들어있던 '좋아한다'는 단어를.

그런 내 생각을 아는지 모르는지, 소리아가 진지한 표정으로 말했다.

"만약 저희가 신성공화국을 버린다면, 당신은 저희를 받아줄 건가요?"

"당연하지."

"후후, 즉답이네요."

소리아가 품위 있게 입가를 가리면서 미소 지어 보였다.

그러자 이야기를 듣고 있던 실라가 흥분한 기색으로 양손을 흔들며 말했다.

"와아! 가족이 늘어나겠네!"

"에헤헤."

소리아가 손으로 얼굴을 가렸다.

"무, 무슨 소리야?"

머리에 물음표가 떠올랐다.

이야기의 전개를 읽을 수 없었다.

"이건 고백이나 마찬가지잖아……."

쿠에나가 옆에서 나지막이 중얼거렸다.

"엑?!"

아무래도 가슴이 철렁 내려앉았다.

아직 유이 일도 해결 못 했는데——.

"뭐, 뭐뭐뭐, 뭐라고오~?!"

가까이에서 이야기를 듣고 있던 필도 엄청난 절규를 했다.

◇

신성공화국과 웨이라 제국의 국경.

그곳에는 외벽이 구축될 정도로 큰 마을이 있었다. 크제라 왕국과도 가까워 다양한 사람들의 의견과 정보가 오가는 곳이었다.

지금은 웨이라 제국에서 발생한 쿠데타가 가장 큰 화제였다.

"어째 루이나 님이 우세한 것 같은데?"

사람들이 술을 마실 수 있는 곳에서 웨이라 제국 정규군의 행진을 보며 이야기하고 있었다.

"연합군이 각지에서 물류를 막아서 먹을 게 없었는데…… 지금은 이렇게 술도 마실 수 있지."

"계속 싸움에서 이기고 있다더군."

"그 왜, '광성의 성녀'인 소리아 님도 웨이라 제국에 붙었다고 하잖아."

정보가 퍼지는 게 빨랐다.

그건 기자나 목격자의 소문에 의한 것이리라.

아니면.

"역시 지드가 웨이라 제국에 붙은 게 크지 않습까? 지드가 소리아 님을 구한 적이 있다는 이야기는 유명하다고요."

에쿠 같은 정보상이 웨이라 제국이 유리해지도록 활동하고 있기 때문일지도 모른다.

"오오, 용사가 되기를 거부한 그 녀석 말이지! 여러 곳에서 연합군 놈들을 치고 있다는 이야기를 들었어. 확실하진 않지만 홀로 만 명을 쓰러뜨렸다면서!"

"난 10만이라고 들었는데?"

"어리석기는. 그렇게 됐으면 전쟁이 진작에 끝났겠지."

그건 시시한 잡담이었다.

하지만 흥미를 자극할 이야깃거리가 적은 민중의 호기심과 관심을 일으켰다.

거기에 에쿠가 양념을 더했다.

"아스테라교도 이상한 소문밖에 안 돈다니까요. 지드가 용사가 되기를 거절한 것도 수상쩍다는 걸 알고 있었기 때문에 그런 게 아닐까 싶슴다."

에쿠의 말에 남자가 손뼉을 쳤다.

"오오, 그럼 앞뒤가 맞네. 근데 아가씨는 젊은 것 같은데 많이 알고 있네!"

"옙. 이런 이야기를 아주 좋아하거든요. 이 밖에도 더 알고 있습다."

"좋네! 더 들려줘!"

에쿠가 소문을 아주 좋아하는 민중에게 무상으로 정보를 풀었다.

아스테라 타도를 위해서라고는 해도, 현재 지드는 설마 자신이 웨이라 제국 측의 간판이 되어 있는 줄은 아직 모른다.

하지만 그로 인해 지드의 평판이 착실히 회복되고 있는 것 또한 아직 몰랐다.

◇

그곳은 '아스테라의 추종자' 안에서도 극비 중의 극비.

신성공화국과 마족령의 국경선에서 들어갈 수 있는 지하 깊은 곳에 있는 신전이다.

로이터와 직속부대가 납작한 돌이 깔린 방에 있었다.

그들은 모두 무릎을 꿇고 있었다.

눈앞에는 희미한 빛이 공허하게 떠올라 있었다.

"아스테라 님, 작전은 착착 진행되고 있습니다."

로이터의 말에 호응하듯이 빛은 강해졌다 약해졌다 했다.

목소리는 없었지만, 로이터 일행은 어떤 반응을 받아들이고 있었다.

"전황은 여전히 이쪽이 유리합니다. ……네. 웨이라 제국은 저항하고 있습니다. 소리아가 배신했다는 이야기도…… 확실히."

로이터가 어렴풋이 알 수 있는 정도이긴 하지만 당황하고 있었다.

"……네. 지드도 웨이라 제국 측에 붙었다고 합니다. 하지만 처음부터 아스테라 님의 위광을 무시하고 있어서……."

로이터가 움찔했다.

"걱정하실 필요 없습니다. 제가 있고, '아스테라의 추종자'가 육성한 정예도 모여 있습니다."

그것은 로이터 뒤에 있는 자들이었다.

그들은 모두 비합법적인 수단으로 육성되었다.

훈련 중에 사망자가 나와도 상관하지 않고 그저 압도적인 힘을 가지기 위해서만 육성되었다.

"설마…… 괜찮습니까!"

로이터가 자기도 모르게 환희했다.

어찌할 바를 모르겠다는 태도로 일어섰다.

동시에 희미한 빛이 로이터를 감쌌다.

공간이 흔들렸다.

가벼운 지진이 일어나고 있는 것 같았다.

"하하핫! 이거 대단하군!"

마력은 보통 시각으로 포착하는 것이 불가능하다. 그게 가능한 것은 인간의 수준을 넘어선 자뿐이다.

하지만 정예부대는 로이터에게서 흘러넘치는 황금색 마력을 눈으로 확인했다.

　너무나도 격렬하고 농밀한 마력이면서 무한을 방불케 할 정도의 방출량이다.

　"이거라면 아스테라 님을 거스르는 쓰레기들을——!"

　로이터의 눈동자가 번뜩였다.

제3화 움직이다

그곳은 신도에 있는 광대한 방.

스피가 관리하는 집무실이며 온갖 것이 갖추어져 있다.

의자는 공들여 만든 의장이 장식되어 있는 물건이고, 검고 기품 있는 탁상에도 고가의 매직 아이템이 갖추어져 있었다.

스피는 몇 명의 신자에게 둘러싸여 위화감을 느끼고 있었다.

"웨이라 제국의 속국이 침공당했다고요?"

스피의 물음에 신자가 고개를 끄덕였다.

손에는 자료가 있었다.

"그런 것 같습니다. 웨이라 제국에 식량이 공급되고 있다는 보고가 있었습니다. 속국의 민간인 마을을 불태우고 약탈까지 횡행하고 있는 것 같습니다."

보통이라면 상층부에 이런 보고는 올라오지 않는다.

하지만 스피는 이번 전쟁에 관해서는 로이터에게 권한을 넘겼다. 자신이 할 수 있는 일은 전쟁이 아니라 민간 지원과 보호라는 것을 알고 있기 때문이다.

그리고 전쟁의 비참함은 민간에도 심하게 나타난다.

"피난민은 어떻게 됐죠?"

"주변국으로 도망치고 있습니다만, 상당한 아사자가 발생하는 건 피할 수 없겠죠."

"교단의 비축고를 열어 구휼해도 어렵나요?"

스피는 유사시에 비상용 식량을 보관하는 진·아스테라교의 창고를 열 수 있는 권한을 가지고 있었다.

하지만 책임도 당연히 스피에게 있다.

다른 사제들은 그다지 좋게 보지 않을 것이다.

그래도 행동할 수 있는 건 스피에게도 믿는 것이 있기 때문이다.

하지만 그렇게까지 해도 신자의 표정이 좋아지는 일은 없었다.

"애초에 피난민은 대단한 물자를 가지고 나올 수 있는 상황이 아닙니다. 저희가 막힘없이 움직일 수 있다고 하더라도 모두에게 식량과 그 외의 것을 포함한 물자를 나눠주는 것은 어렵지 않을까 합니다."

스피는 종이에 펜을 놀리고 도장을 찍었다.

"할 수 있는 한은 해보죠."

식량 창고를 개방한다는 취지의 글이 적혀있었다. 설령 적국 산하의 인간이라 하더라도 비극을 피하려고 했다.

그런 스피에게 전령이 왔다.

"소리아 님에게서 연락이 왔습니다!"

"뭐라고 하시던가요?"

"소리아 님이 이끄는 기사단이 신성공화국으로 철수한다고 합니다! 그리고 스피 님과 회견하고 싶다고 했습니다!"

자리가 술렁거렸다.

소리아는 연합군의 대장을 맡을 정도의 존재감이 있었다. 그런 입장에 있는데 무단으로 철수하는 것은 반기를 든 것이라 여겨져도 어쩔 수 없는 일이다.

하지만 스피는 냉정하게 고개를 끄덕였다.

"알겠습니다. 그런데 매직 아이템으로는 연락할 수 없나요?"

"그게…… 최대한 스피 님과 독대하고 싶다고 하셔서."

"저하고만?"

매직 아이템을 사용하지 않는 이유는 하나다.

도청을 피하려고.

"이야기하는 인상은 굉장히 심각해 보였습니다. 그리고 또 한 가지 보고가 있습니다. 이는 소문의 범주지만…… 그러니까."

신자가 말하기를 주저했다.

"괜찮습니다. 말씀해주세요."

"네…… 아무래도 소리아 님이 철수하기 직전에 지드 님으로 보이는 분과 이야기를 하고 있었다고 합니다."

"구…… 지드 님과?"

습관적으로 구세주님이라 부르려다가 말았다.

"그리고 말씀드리기 어렵습니다만…… 지드 님은 웨이라 제국에 넘어갔다는 이야기도 들었습니다."

주위 사람이 수상하게 여겼다.

스피 주위에 있는 사람들은 신자이자 모두가 강한 호위이기도

하다. 각자가 신심이 깊기에 세속을 버린 몸이다.

길드의 A랭크와 여류 검술 사범대리, 중견국가에서 장군까지 오른 경험이 있는 사람도 있다.

서로 속이는 것이 일상인 세상에서 살았기에, 남들은 상상할 수 없는 경험을 지니고 있다.

그렇기에 이들은 소리아의 언동에는 불신감을 품지 않을 수 없었다.

스피도 그 점을 잘 알고 있지만, 그들과는 반대로 소리아에 대한 전폭적인 신뢰를 보내고 있다.

"알겠습니다. 현재 소리아 님은 어디에 계신가요?"

"아마 중앙 산맥을 우회해서 넘은 것으로 보입니다."

"그럼 가깝네요. 일정을 비워두겠습니다."

그리고 전령 신자는 방에서 나갔다.

스피가 책상에 엎드렸다.

"지치셨군요."

노령의 여성이 말을 걸었다.

그녀도 신자이며 나이를 무색케 하는 굉장한 실력이 있는 검사이다.

교단 부흥에 힘써왔고, 스피의 호위로서 몇 번이고 싸웠다.

"지드 님이 웨이라 제국에 붙었다는 이야기를 몇 번이나 듣고 있으니…… 이대로 괜찮을까 하는 생각이 드네요."

"스피 님이 인정하신 구세주님이잖습니까. 그렇다면 올바른 방

향으로 나아가실 겁니다."

"웨이라 제국에 붙었다는 이야기가 사실이라면요? 제가 지드 님을 쫓아가려면, 진·아스테라교를 나와야 하는데요?"

"그렇게 하시면 되지 않을까요?"

"예?!"

시원스럽게 긍정해서 놀랐다.

그녀는 신자인데도 스피의 배신을 막지 않았다.

놀라지 않을 수가 없다.

"스피 님이 망설이고 곤란해하고 지친 그 끝에…… 지드 님이 있다면, 쫓아가면 되지 않을까요."

"그건……."

스피의 말문이 막혔다.

지위에 집착은 없다.

권력이나 명성도 마찬가지다.

하지만 아스테라를 버리기에는, 스피의 인생에서 너무 큰 부분을 차지하고 있었다.

하지만 지드가 베푼 은혜를 원수로 갚을 수도 없는 노릇이었다.

(어떡하지…….)

스피가 망설이고 있으니 탁상의 매직 아이템이 반응을 보였다.

머리보다 큰 수정 형태를 가지고 있다. 그것이 보라색 깔개 위에서 긴급함을 나타내는 빨간색으로 빛나고 있었다.

스피가 바로 마력을 흘려보냈다.

"무슨 일이죠?"

스피의 물음에 수정 너머에서 피투성이가 된 남자가 대답했다.

낯익은 얼굴이었다.

"'아스테라의 추종자'의 습격입니다. 로이터가 흑막이었습니다! 그자가 뒤에서 조종하고 있었던 겁니다! 웨이라 제국의 중심부에서 대규모 세뇌 마법을――!"

"······윽!"

종이가 오그라지는 듯한 불쾌한 소리가 수정에서 들렸다.

상대편의 수정이 구르고 있는 것이리라. 시점이 하늘과 땅을 비췄다.

전해지는 영상에 남자의 얼굴은 비치지 않았다. 비친 것은 얼굴이었던 고깃덩어리뿐이었고, 처참한 시체가 굴러가고 있었다.

남자 너머에는 무수한 시체가 줄지어 있었다.

전부 스피가 보낸 조사 집단이었다.

부하는 한 명 뿐이라 모습은 잘 보이지 않지만 어딘가에 연락을 하는 듯했다.

"――현 시간부로 로이터의 모든 권한을 박탈합니다. 각지에 전령을 보내주세요. 그리고 신성공화국의 수뇌와 교단이 조력을 구한 나라들과 조직에 전파하세요."

""알겠습니다.""

굉장히 빠른 결단이었다.

지금에 이르기까지 로이터의 수상한 언동을 조사 집단이 보고 했기 때문일 것이다.

그건 신자들의 움직임이 빨랐던 것에서도 알 수 있다.

스피가 책상 서랍에서 매직 아이템을 꺼냈다. 이것도 마찬가지로 수정의 형태를 가지고 있었다.

(제발 연결돼라……!)

스피가 소원을 빌 듯이 마력을 담았다.

수정이 빛났다.

연결된 곳은 리프였다.

"오랜만이구먼, 무슨 일인가?"

사실상 적대관계였지만 리프는 거리에서 우연히 옛 친구를 만난 듯한 태도였다. 그런 태도에 안심했지만, 스피는 되도록 빠르고 잘 전해지도록 말했다.

"이 전쟁의 배후에는 로이터와 '아스테라의 추종자'가 있습니다."

"알고 있네."

리프의 말에 충격을 받았다.

스피도 만능이 아니라는 증명이었다.

왜 더 빨리 연락하지 않은 것인가.

왜 좀 더 소통하지 않았는가.

절대 게으름을 피운 건 아니다. 오히려 휴식도 없이 자는 시간을 쪼개 일하고 있었다.

그래도 전쟁은 다른 사람에게 맡겨버렸다.

아직 본격적인 전쟁은 시작되지 않았으니까.

아직 리프는 바쁠 테니까.

스피의 뇌리에 후회와 참회가 떠올랐지만 바로 생각을 전환했다.

"교단의 신자에게 호소해서 연합군과 신성공화국에 진군을 정지하라고 부탁했습니다. 가능하면 저희가──."

하지만.

"그건 곤란한데."

로이터가 방에 나타났다.

그것도 스피 바로 옆이라 어깨에 손을 놓을 정도로 가까웠다.

전이를 썼는지 로이터 바로 아래에 있는 부대도 속속 나타났다.

"로이터!"

"오랜만입니다, 길드 마스터. 그리고 작별입니다."

수정이 깨졌다.

그리고 로이터가 스피가 있는 곳을 봤다.

"넌 '성녀'니까 인간족에게 해를 끼치는 녀석과 이야기하지 마라."

난폭한 말투다.

이젠 본성을 숨길 필요도 없다는 건가.

"이번 전쟁의 발단은 당신인가요?"

"정확하게는 '아스테라의 추종자'이지."

"──사람들에게 해를 끼치고 있는 건 당신이잖아요!"

스피의 노성과 함께 신자가 움직이기 시작했다.

검을 뽑는 속도나 상황을 파악하는 능력은 높아서 달인이 상대라도 부족함은 없다. 방심도 하지 않았다. 하지만 동시에 한 대원의 그림자가 흔들렸다.

스피의 신자 모두에 대항해서 로이터 측에서 움직인 사람은 부대에 소속된 자 중에서 단 한 명뿐이었다.

그것만으로 신자 전원이 땅에 쓰러졌다.

"……이럴 수가."

스피의 목소리가 방 안에 작게 울렸다.

──한 사람, 쓰러진 그림자가 움직였다.

늙은 여자였다.

"왼팔을 희생해서 치명상을 피했나."

로이터가 냉정하게 분석했다.

늙은 여자는 가죽에 의지해 매달려 있는 왼팔을 기세를 실어 던져버렸다.

그리고 검을 들고 스피 곁으로 향했다.

그 사이를 정예가 막아섰다.

하지만 여자의 목적은 다른 곳에 있었다.

숨이 붙어있는 신자는 한 명 더 있었다.

"……전…… 이."

스피의 눈에 들어온 광경은 여자의 목이 날아가는 모습이었다.

직후, 스피는 신성공화국 바깥에 있었다.

멀리서 말과 마차가 달리는 소리가 났다.

직감적으로 깨달았다. 그 소리가 소리아와 기사단의 것이라는 것을.

신자의 행동은 옳았다.

설령 자기들이 죽더라도 최우선 사항은 교단을 움직일 권한이 있는 스피를 살리는 것이었다.

여자의 결사의 양동. 번 시간은 1초에도 못 미치지만 충분했다.

폐를 찔렸지만, 숨이 붙어있었던 또 한 명의 신자.

저명하고 범인을 능가하는 마법을 사용하는 자였지만, 초고난도 마법인 전이의 범위는 넓지 않았다. 하지만 판단은 최상이었다.

지금까지 한 대화로 장소를 추정해서 전이시킨 곳은 신성공화국 최강의 기사단.

판단을 내린 시간은 3초 남짓.

전투 경험이 적은 스피가 바로 상황을 이해하는 것은 어려울 것이다.

다만 친한 여자가 죽는 모습만은 뇌리에 새겨졌다. 사람의 죽음에는 익숙해져 있다고는 해도 감정이 죽은 것은 아니다.

지금까지 축적된 피로와 스트레스도 맞물려서 둑이 터진 것처럼 스피의 볼에 눈물이 흘렀다.

곧 웨이라 제국 중심부 탈환 작전이 시작된다.

그런 때에 리프의 호출이 있었다. 루이나까지 대기하고 있었다.

"무슨 일이야?"

"미안하구먼, 이런 때에."

이제 몇 시간도 지나지 않아 출진하게 된다.

모두 각자의 시간을 보내고 있다. 기도하거나, 단련을 하거나.

"난 딱히 아무것도 안 하고 있으니까 신경 안 써도 돼."

장난스럽게 말했지만 리프의 표정은 심각 그 자체였다.

"실은 스피에게서 연락이 왔다."

"스피한테?"

몇 번이나 연락을 시도해봤다.

하지만 길드를 경유해서는 연락이 되지 않았다. 신성공화국에는 갈 수 없다. 어떻게 할 방법이 없었다.

그런 스피가 연락을 했으니, 어조가 격해지는 것도 어쩔 수 없는 일이다.

다만 리프의 표정은 좋지 않았다.

자연스럽게 불길한 조짐을 느끼고 이어지는 말을 기다렸다.

"아마 로이터의 폭주를 몰랐겠지. 뒤늦게 사태를 알아차린 것 같았다. 헌데, 갑자기 연락이 끊어졌다. 직전에 로이터의 모습이 비쳤지."

"그럼……."

"십중팔구 그 계집의 신변에 무슨 일이 생겼겠지."

배려하는 리프나 불길한 말을 하고 싶지 않던 나와는 달리 루이나는 솔직하게 짐작 가능한 상황을 이야기했다.

"날 부른 건, 스피를 구출해 오라는 뜻이겠지?"

"그래, 그렇다네."

"아니, 아니지."

리프는 고개를 끄덕였지만, 루이나는 고개를 저었다.

두 사람이 다른 견해를 보였다.

"무슨 뜻이야? 난 뭘 위해 불렸지?"

"일단 전황을 이야기하지. 웨이라 제국의 중심부는 제국군과 연합군이 굳게 지키고 있네. 하지만 스피의 권한이 있으면 연합군의 전력을 다소 줄일 수 있지. 진·아스테라교도의 신심은 마음을 유도하는 세뇌 마법보다 더 강할 테니 말이야. 그리고 싸움에서 이긴 뒤의 치세에도 공헌해줄 게야."

"하지만 연합군은 지금도 집결해서 머릿수를 모으고 있지. 실력자도 모여서 성가셔. 그리고 스피가 없어도 전후처리는 어떻게든 돼. 계집을 구출하는 것보다 웨이라 제국을 확실하게 탈환하는 게 최우선이다."

과연, 두 사람의 의견은 완전히 갈린 것 같다.

그래서 날 불렀겠지.

내 대답은 정해져 있다.

"스피를 구하겠어. 전쟁 같은 복잡한 건 생각하지 않아."

리프도 루이나도 내 답은 예상한 모양이었다.

납득과 불만이라는 얼굴을 보여줬다.

하지만 부정당하는 일은 없었다.

"그렇겠지. 지드라면 그렇게 할 줄 알았어."

"미안해. 나한테 스피 이야기를 안 했으면 아무것도 모르는 채로 웨이라 제국 탈환에 협력했을 텐데…… 날 위해서 이야기해준 거지?"

"나중에 혼나는 게 싫었을 뿐이라네."

리프가 장난스럽게 웃으면서 시선을 돌렸다. 부끄러운 걸 숨기는 행동일 것이다.

그 동작은 외모도 맞물려서 귀여웠다.

선두에 서서 분발하는 리프를 안고 싶은 욕구가 솟았지만, 지금은 스피가 우선이다.

"스피는 어디에 있지?"

"신성공화국이라네. 신도까지 가면 지드의 탐지마법으로 쉽게 도울 수 있을 게야."

"알았어. 고마워. 모두에게 잘 말해줘."

지금은 거점으로 삼고 있는 마을의 한 구석.

마법을 이용한 기습을 막기 위한 특별한 마법이 걸려있다.

전이하려면 일단 여기서 벗어나야만 한다.

리프 일행에게 인사를 끝마치고 복도로 나왔다.

기척을 느껴 뒤를 보니 루이나가 따라오고 있었다.

"왜 그래?"

"음~."

루이나가 다가왔다. 몸이 밀착될 정도로.

나도 모르게 한 걸음 물러나자 벽에 부딪쳤다.

"뭐, 뭐야."

"지드, 난 너만은 인정하고 있다."

"나만은……?"

"이 싸움이 끝나면 '아스테라의 추종자'에 의해 뒷세계의 연줄로 단결하고 있던 인간의 나라들은 결속력을 잃게 될 거다. 그 결과, 최강이자 속국을 가지고 있는 웨이라 제국이 패권을 쥐게 되겠지. 그런 알 수 없는 조직에는 전혀 의존하고 있지 않으니 말이야. 열강 중 하나가 아니야. 틀림없는 패권국가다."

"벌써 그런 허황한 계산을 하는 건가."

약간 질렸다는 듯이 말했다.

하지만 루이나는 개의치 않고 계속 말했다.

"웨이라 제국에 와다오."

루이나의 손이 내 가슴팍을 만졌다.

"그 얘기는 거절했을 텐데."

"그래. 두 번이나 매몰차게 거절당했지."

"두 번?"

"첫 번째는 신성공화국의 용사 시험, 두 번째는 스틸비츠 침공 때 입을 맞췄을 때다. 물론 난 두 번째 고백을 거절당했다고 생각하지는 않지만 말이야."

"아아……."

희미하게 기억이 떠올랐다.

하지만 과거의 추억에 잠길 틈도 없이 루이나의 손이 요염하게 몸 위를 미끄러졌다.

"넌 뭔가 바라는 게 없느냐?"

"……딱히."

"그럼 소원은?"

"…….."

빨리 끝을 맺으려고 말없이 응시했다.

하지만 예상과는 달리 루이나가 웃었다.

"괜찮아. 날 이용하면 돼. 네가 바라는 세상을 얼마든지 만들어 보이지. 네 취향의 여자만을 갖춘 세상, 네 취향의 식사와 술이 언제든지 제공되는 세상, 네가 언제까지고 잠들어 있을 수 있는 최고의 환경. 좋지 않은가. 세상이 평화로워진 뒤에 얼마든지 즐길 수 있어."

루이나가 나에게서 손을 떼고 호들갑스럽게 손을 번쩍 들어 올리고 이어서 말했다.

"딱 한 번이다. 내 권유에 고개를 끄덕이는 것만으로 세상은 너의 것이 된다! 쿠에나와 다른 사람들을 보기 어색한가? 그렇다면 만나지 않도록 세팅해주지. 리프에게 입은 은혜가 있어도 신경 쓰지 않아도 된다. 내 밑에서 지내면 된다. 한 번 수긍하면 그 일이 이루어진다."

그건 분명 매력적인 제안일 것이다.

어쩌면 루이나를 따르면 모든 일이 잘될지도 모른다.

하지만 난 고개를 저었다.

"아무리 이야기해도 소용없어."

내가 떨어지려고 하자 루이나가 손을 잡았다.

"왜지? 지금 네가 소중하다고 느끼고 있는 가치는 앞으로 갱신되어 갈 것이다. 집착할 필요는 없어."

"그건 루이나의 생각이잖아. 내 생각이 아니야. ……그리고."

조금 말하기 거북하지만, 루이나의 눈을 보고 똑똑히 말했다.

"루이나는 무서워. 계속 내 얘기만 하고 있잖아. 내 행복이라던가, 내 기쁨이라던가. 거기엔 루이나가 없어."

내 말을 듣고 루이나가 눈을 휘둥그레 떴다.

뭔가가 그녀의 가슴을 꿰뚫은 것처럼 느껴졌다.

"좋아, 본심을 이야기하지. ……난 너에게 아양을 떨고 있는 거다."

루이나의 표정이 어두워졌다.

어딘가 애수를 자아내며 여제 루이나의 전혀 몰랐던 측면이 부각된다. 그건 내 걸음을 멈추게 할 만큼의 위력을 가지고 있었다.

"난 자주 오해를 받지. 난 스스로 강자라고 생각해. 하지만 만약 나보다 강한 자가 있다면 모실 거야. 그리고 네가 내 인생에서 처음으로 나타난 유일하고 절대적인 강자야. 이래도 실은 꽤나 헌신하는 타입이야."

"루이나, 몇 번이고 말할게. 난——."

"——네가 원하는 세상을 말해."

"스피가 있는 세상이야. 평화로운 세상이야."

내 답을 듣자 루이나가 체념한 듯이 입꼬리를 올렸다.

"지드는 내 힘이 필요하게 될 거야."

"……."

"결혼식 같은 걸 생각한 적이 있나? 쿠에나와 다른 사람들은 널 기다리고 있을 거야."

"……결혼식?"

"서로 사랑하는 사람이 사랑을 맹세하는 의식이야. 동경하는 여자는 많지. 너희는 결혼이라느니 아이라느니 입으로는 말하고 있겠지만 생각한 적도 없겠지."

그, 그런 게 있었나…….

하지만 쿠에나나 실라는 그런 말은 한마디도…….

"알 수 있어. 얘기도 안 나왔겠지. 하지만 내가 네 곁에 있었다면 반드시 준비했을 거야. 나뿐만 아니라 모두가 만족하는 결과를 낼 거야. 사회나 인간관계에 있어서 이런 의식도 때때로 필요하지. 모른다고 하더라도 너에겐 내가 있어. 나에게 맡기면 돼."

그러니까, 라며 루이나가 이어서 말했다.

"만약 웨이라 제국이 멸망하고 내 권력이 실추되더라도 날 도와주고 지켜주겠다고 약속해줘."

아아, 이제야 그녀의 마음이 이해된 것 같다.

분명 불안했을 것이다.

웨이라 제국에서 군림해왔기에 그 자리에서 끌어내려진 것에 두려움을 느끼고 있었던 것이다.

그래서 이렇게 날 멈춰 세우고, 이야기하고, 받들어 모신다고 하는 것이다.

"──꼭 지켜줄게. 스피처럼, 루이나가 위험에 빠지면 도와줄게."

"하하…… 왠지 처음으로 마음속을 훤히 들여다보인 것 같은 기분이군."

루이나가 먼 곳을 보듯이 비스듬히 오른쪽 위를 보았다.

그리고 시원시원하게 웃는 얼굴로 내뱉는 숨이 닿을 정도로 다가왔다. 빨려 들어갈 것만 같이 반듯한 얼굴이 내 눈앞에 와서 교차했다.

"나만 약속을 받는 건 뻔뻔하네. ……안심해라. 웨이라 제국에서의 싸움이 끝나면 내가 네 곁에 있어주지."

루이나가 귓가에 속삭였다.

아무리 둔감한 나라도 이해가 됐다.

분명 이건 사랑의 고백이다.

얼마 전의 소리아와의 경험이 유용했다.

과연 그게 상식적으로 괜찮은 일인지는……, 제쳐두자.

"……그것도 뭔가 뻔뻔한 처사 아냐? 어쨌든 결국엔 난 루이나 곁에 있는 게 되잖아."

"여자의 각오를 거절하는 건가?"

그런 말을 들으면…… 부정하기 어렵다.

그래도,

"쿠에나와 다른 사람들의 마음도 중요해."

난 쿠에나와 실라와 지내는 시간이 많은 편이 좋다. 분명 그녀들도 같은 마음일 것이다.

"알았다. 그럼 우선은 내가 할 첫 일이구나. 그 녀석들이 날 인정하게 해주지."

"어? 아니, 딱히 그런 뜻이 아니라."

내 나름대로 거절한 건데……!

"──무운을 비네, 지드."

내가 이야기할 틈도 없이 루이나가 떠나갔다.

……아니, 이야기를 너무 많이 했어.

지금은 스피에게 가야만 한다.

◇

소리아가 이끄는 기사단이 신성공화국에 귀환하는 도중에 한 소녀를 발견했다.

"어떻게 된 겁니까, 스피 님!"

기사의 목소리에 소리아 일행이 바깥으로 나왔다.

거기에는 확실히 잘 알고 있는 얼굴이 눈물을 흘리면서 서 있었다.

소리아 일행이 황급히 달려갔다.

"무슨 일이 있었나요?"

"지드 씨가 웨이라 제국에 붙었다는 이야기가 정말인가요?"

스피는 소리아의 질문에는 대답하지 않고 질문으로 답했다. 스피가 상당히 동요하고 있는 걸 보자 소리아는 흥분시키지 않도록 부드럽게, 하지만 똑똑히 말했다.

"역시 들으셨군요. 지드 씨는 신성공화국의 적이 되었습니다. 아니, 정확하게는……."

"'아스테라의 추종자'인가요."

"알고 있었나요?"

스피의 예상치 못한 말에 소리아가 놀랐다.

하지만 그 이상으로 평정심을 잃은 스피를 보고 냉정해지도록 애썼다.

"조금 전에 알았어요. 많은 희생을 치르고……."

"희생?"

스피가 너무나도 비통한 표정을 지어서 소리아는 그 이상 묻는 것을 한순간 주저했다.

그 사이에 스피가 생각해낸 듯이 말했다.

"빨리 지드 씨가 있는 곳으로 가요. 여긴 위험해요."

그 말을 듣고 소리아가 망설였다.

스피의 호위였던 신자들은 강자들이었고, 소리아의 기사단도 인간 중에서도 톱클래스의 집단이다.

항상 전선에 서며, 설령 어떠한 적이라도 필요한 전투는 마다

하지 않는다.

하지만 스피가 그걸 모를 리가 없다.

그걸 알면서 위험하니 지드에게 가자고 말하는 것이다.

대체 무슨 일이 있었는가.

그 답은 갑자기 나타났다.

"도망칠 수 있을 줄 알았는가, 성녀 스피여."

전이 마법. 그것도 로이터가 이끄는 부대가 일제히 할 수 있을 정도의.

게다가 스피가 있는 곳을 탐지해냈다. 탐지 마법도 병용하고 있다.

소리아 일행은 눈앞에 있는 적이 스피가 높이 평가할만한 자들이라고 이해했다.

"로, 로이터……."

스피가 심상치 않게 무서워하는 모습을 보였다.

소리아는 그런 스피를 등 뒤로 숨겨주듯이 한 걸음 앞으로 나왔다.

"이건 무슨 상황인가요? 마치 로이터 님이 대적하고 있는 것처럼도 보여요."

"하하, 말도 안 되는 소리를. 먼저 배신한 건 스피입니다. 아아, 당신도 적에게 붙었던가요?"

"──!"

어디까지 알고 있는 것인가.

소리아는 스피와 한 연락은 아마 전부 새어나갔을 것이라고 짐작했다.

"해치워라."

로이터가 냉정하게 즉결했다.

소리아는 전투 경험은 적지만 실력자라는 것은 틀림없다. 그런 소리아도 무슨 일이 일어났는지 파악하지 못하고 시야가 흔들린 것을 느꼈을 정도였다.

로이터의 부대에 있던 한 남자가 사라졌다.

동시에 필의 갈색 머리카락이 소리아의 눈앞에서 휘날렸다.

"이 자식……!"

검과 검의 맞붙음. 남자가 이를 갈며 신음했다.

필이 압도하는 것처럼 보였지만, 필의 표정은 괴로워 보였다.

칼싸움 끝에 필이 이겼다.

"하하, 역시 대단해."

필의 건투를 보고 로이터가 여유만만하게 박수를 치며 칭찬했다.

하지만 로이터에게 돌려줄 말을 누구도 찾지 못했다.

필, 그리고 각 기사단원, 그리고 소리아. 이 순서로 상황의 불리함을 깨달았다.

명백한 실력 차가 있다.

로이터가 이끄는 부대는 모두 하나같이 강하다. 필과 검으로 싸운 남자가 특별히 강한 건 아니다.

"물러나라. 난 대륙에서도 다섯 손가락 안에 드는 검사다."

허세다. 필의 검술이 다섯 손가락 안에 든다는 건 그저 자부심 뿐만이 아니라 다른 사람의 평가와 맞물린 결과지만, 이건 그저 상대가 물러나기를 바라며 내뱉은 실없는 위협이었다.

필은 강력한 소리아의 기사단 중에서도 출중한 힘을 지닌 편이지만, 그런데도 남자를 막아서는 게 고작이었다.

배가 쑤시듯이 아팠다. 본능이 도망치라고 소리쳤다. 필은 그저 소리아를 지키겠다는 일념으로 버티고 있을 뿐이었다.

"너희는 여기서 다 죽는다. 그 이외의 길은 없다. 하물며 내가 물러나는 일은 농담이라도 없을 것이다."

로이터가 냉철한 대답과 동시에 흉악한 살기를 내뿜었다.

기사들이 겁에 질려 움찔하는 게 느껴졌다.

필은 생각을 바꾸어 빠르게 대응했다.

"——소리아 님, 스피 님을 데리고 도망치십시오!"

필 뒤에 기사들이 섰다.

그들은 모두 명예 작위를 받을 정도의 실력자이면서 지위나 권력에 얽매이지 않고 세상을 위해 사람을 위해 신성공화국과 소리아 곁에 모였다.

그들이라고 해서 죽음이 두렵지 않을 리 없다.

오로지 목이 몸통에서 분리되었을 때만 공포에서 해방될 수 있으리라.

"미안하지만 놓아줄 생각은 없다."

소리아의 기사와 로이터의 부대가 맞부딪쳤다.

실력 차는 일목요연했다.

소리아가 이대로 완전히 도망치는 건 요원한 일이었다. 그들이 할 수 있는 건 저항뿐이었다.

하지만 그것도 로이터가 움직이면 금방 무너지리라.

"네놈…… 우리를 괴롭히며 즐기고 있는 거냐!"

필이 노성을 질렀다.

그건 조금이라도 소리아로부터 의식을 돌리기 위한 행동이었다. 하지만 동시에 로이터에 대한 순수한 질문이기도 했다.

"그럴 리가. 그저 내 부하들을 지켜보고 있을 뿐이다."

"무슨 소리를……!"

부정할 뻔했지만, 확실히 필도 신경 쓰였다.

로이터의 부대는 확실히 인간의 영역을 초월했다.

1대1이라면 필도 대항할 수는 있다.

하지만 2대1이라면 어떨까.

3대1이라면 패색이 짙다.

천재, 기린아, 신동, 그리고 검성.

온갖 명성을 얻어온 필조차 이 정도다.

온 대륙의 정예를 모은 소리아의 기사단마저 시간이 지나감에 따라 죽어간다.

"의문스럽지 않았나? 왜 웨이라 제국을 멸망시키려 했는지. 간단해. 우리가 인간을 일치단결시켜 마족을 멸망시킬 생각이기 때문이다. 하지만 안타깝게도 마족은 강하지. 틀림없이 말이야. 그래서 내 부하들이 걸림돌이 되지 않을지 확인해야 했다."

로이터가 부하 한 명을 가리키며 말을 이었다.

"저 남자가 어떻게 이만큼 강해졌을 것 같나? 생물을 파괴하는 법을 어릴 때부터 가르쳤기 때문이다. 물고기의 뼈를 꺾어 산 채로 잡도록, 두개골을 마치 풍선을 터뜨리듯이 파괴하는 법을 가르쳤지. 물론 실천을 많이 시켰지. 전투에 재능이 없는 자를 백 명은 죽였다."

그의 표정에는 동정도, 슬픔도 없었다. 자신의 선택이 옳다고, 조금도 의심하지 않는다.

그렇기에 필은 로이터에게 강한 혐오를 느꼈다.

"이 쓰레기 놈이⋯⋯!"

"무지한 너희는 그렇게 느껴도 어쩔 수 없지. 하지만 이건 아스테라 님의 뜻이다. 인간을 효율적으로 강화하고 아스테라 님께 공헌하는 것. 그게 가장 중요하다!"

로이터는 끈기 있게 설명했다. 오로지 순수한 신앙심과 필에 대한 존경에서 우러나오는 행동이었다.

필의 강함이 어디서 왔는지, 어떻게 성장했는지 궁금했다. 그리고 똑같이 아스테라를 신봉하는 자로서 인간을 위해 헌신하기를 바랐다.

스피나 소리아는 자기 의지로 지시를 하는 자들이기에 구할 수 없다. 하지만 지시에 따를 뿐인 이들은 아직 기회가 있다.

하지만 그건 로이터의 착각이었다.

"너 같은 쓰레기가 이렇게나 가까이에 있었는데 이제껏 모르고 있었다니…… 스스로가 한심하군."

"그렇게 생각하는가? 하지만 내 행동이 아스테라 님의 뜻이라면 어쩔 거지?"

"너 같은 미치광이가 아스테라 님의 이름을 입에 담지 않았으면 하는군."

"흠. 그럼 내가 이것이 아스테라 님의 뜻이라는 것을 증명해주지. 대신 넌 소리아를 버려라. 그렇다면 목숨만은 살려주마."

이건 로이터의 호의도, 편의도 아니었다. 그저 목숨을 살려 앞으로 편리하게 써먹으려는 생각일 뿐.

"——난 소리아 님을 위해 검을 휘두르고 있다."

"그런가. 그렇다면 더 살려둘 이유가 없군."

로이터가 대검을 뽑았다.

그 순간 필은 소름이 끼쳤다. 주변 공기가 차가워진 것만 같았다.

소리마저 앞지른 빠른 공격이 필을 덮쳤다. 필이 막아낸 건 감에 의존한 우연에 가까웠다.

일격만으로 압도적인 차이를 실감할 수밖에 없었다.

그때, 로이터가 느닷없이 허공을 바라봤다.

거기서 남자가 나타났다.

"지, 지드?!"

"지드 씨!"

"지드 님!"

필이 놀라움을 담은 목소리로, 소리아와 스피는 믿고 있었다는 목소리로 지드를 맞이했다.

로이터의 입이 일그러졌다.

"왔는가. 용사 지드."

방대하고 강렬한 마력끼리 충돌하여 고막을 찢는 소리와 강풍이 일었다.

"——내가 막을 테니 도망쳐. 지금은 나보다 로이터가 더 강한 것 같아."

너무나도 충격적인 말이었다.

그러나 로이터의 말은 지드를 비롯한 이들에게 헤아릴 수 없을 만큼 큰 충격을 줬다.

"그야 그렇겠지. 난 네 힘을 알고 있다. 왜냐하면 내가 네 부모니까."

웨이라 제국의 수도에는 회의 전용 시설이 있다. 방첩에 특화되어 타국에서 은밀하게 사자가 와도 누구의 눈에도 띄지 않도록 할 수 있다.

겉으로 보면 각각 다른 건조물처럼 보여도 지하가 연결되어 있거나, 지하 자체가 회의실로 되어 있는 등 특수한 구조로 되어 있다.

항상 전쟁과 내정으로 문제를 떠안으면서도 발전해온 웨이라 제국이기에 생긴 시설이었다.

하지만 오늘 이곳은 웨이라 제국 바깥의 인간이 다수를 점하고 있었다.

그 시설의 한 방에는 연합군의 쟁쟁한 면면들이 모여 있었다.

모두가 대등하다는 것을 나타내는 원탁에 열 명이 넘는 자들이 둘러앉아 있었다.

"웨이라 제국 침공은 확정이군요."

기사의 행색을 한 남자가 손에 든 자료를 책상에 던지고 한숨을 쉬었다.

크제라 기사단이 지위와 명성을 싸게 팔던 때와는 다르다. 감도는 품격도 실적도 거짓은 일절 없었다.

틀림없는 진짜 기사다.

"전쟁은 별로 좋아하지 않는데. 대화로 풀 수는 없었던 건가?"

이마부터 오른쪽 볼에 걸쳐서 깊은 상처가 있는 남자가 말했다.

겉모습은 거칠지만 섬세한 움직임을 의식적으로 유념하고 있었다. 한눈에 봐도 항상 전장을 염두에 두고 있는 강자라는 것을 간파할 수 있을 것이다.

실제로 그는 이름난 용병단을 이끌며 자신도 최전선에 나서서 일기당천의 활약을 하고 있다.

"바보 같은 소리 하지 마라! 그 여자한테 대화를 제의하면 이전으로 돌아갈 뿐이잖아!"

세뇌 마법에 걸린 웨이라 제국의 군장이 책상을 치면서 의견을 강조했다.

그 의견에 대해 아무도 부정하는 목소리를 내지 않은 것은 전적으로 루이나에 대한 신용 때문일 것이다. 여기선 적의의 반증이라고도 할 수 있는 신용이다.

"뭐, 괜찮겠지. 병력은 우리가 몇 배나 더 많고, 제국의 방어 시설도 활용할 수 있으니까."

"동감이다. 우리가 이길 수밖에 없는 싸움이야."

대화가 약간 열기를 띠기 시작했다.

거기서 자만심을 감지해 신중한 여자가 타이르듯이 대립적인 의견을 냈다.

"들뜨기에는 일러요. 상대는 사실상 제국의 주력부대예요. 길드 또한 그들에게 가담하고 있죠. 만약 길드가 전면적으로 협력한다면 주의해야 할 모험가들이 있어요. 방심할 때가 아니에요."

그 말에 동의하듯이 부드러운 태도의 안경을 쓴 남자가 고개를 끄덕였다.

그는 문관이면서 군사회의에 참가할 정도의 지식인이며 홀로 병참을 도맡아 관리하는 수완가다.

"길드 마스터인 리프는 이전 세대의 '현자'이자 S랭크 모험가입니다. 거기에 수많은 미답의 대지를 제패한 '탐험가' 토이포나 '용사'를 사퇴한 지드도 참전했지요."

지드와 리프의 이름이 나오자 대다수가 살기를 띠었다.

이들이 '아스테라의 추종자'의 멤버라는 것은 명백했다.

갈 곳 없는 분노는 자연스럽게 야유로 바뀌었다.

"어차피 길드라고 한들 오합지졸이 아닌가. 실력자들이 제법 있다고는 하나, S랭크 모험가 '별을 떨어뜨리는 자' 로이터를 비롯해 진짜 핵심 전력은 우리 쪽에 있다."

"그렇다. 웨이라 제국의 핵심 전력 또한 마찬가지. 결국은 지드 한 사람에게 패배한 자들이 아닌가. 스틸비츠에서도, 동화국에서도 대패했지. 그들이 웨이라 제국의 전력을 대표했다고 하지만, 과연 정말로 그럴까?"

"지드도 길드 내에서는 로이터에게 최강의 자리를 빼앗겼으니 걱정할 정도는 아니야."

모두의 의견은 일치했다.

거기에 자만심은 있었을까.

대륙에서도 정예나 막강하다고 불리는 면면들이 모여 있다.

전쟁에서는 완전하게 사전정보를 파악할 수 없고, 전장에는 변수가 많다. 예측을 벗어나는 일도 많다.

"──우린 이길 수 있다."

하지만 그건 사기 고양이나 공포 마비를 목적으로 한 말이 아니었다.

경험에서 우러나온 확신이었다.

◇

웨이라 제국에서는 '아스테라의 추종자'가 대규모 인원을 투입해서 발동한 세뇌 마법과 리프가 홀로 만들어내고 있는 안티 세뇌 마법이 주도권 싸움을 펼치고 있었다.

지드를 제외하면 당사자들 말고는 알 방법이 없었지만, 두 마법은 돔 형태로 펼쳐져 서로를 잡아먹고 있었다.

리프와 힘겨루기를 하는 바람에 전장 주변은 세뇌 효과가 불완전한 상태였다.

"갈 수 있겠나?"

텐트 안에서 루이나가 말을 걸었다.

"언제든 상관없네."

루이나의 물음에 양손을 들어 마법을 발동하고 있는 리프가 답했다.

리프의 이마에는 땀이 반짝였고, 눈을 꼭 감고 있었다. 그 모습만으로도 상당히 집중하고 있다는 걸 알 수 있었다.

별로 말을 걸지 않으면 하는 듯이 표정이 떨떠름했다.

루이나가 히죽거리면서 리프 주위에서 어슬렁거렸다.

"믿어도 되는 거겠지? 아군이 세뇌당하면 곤란해진다."

"이 몸에게 실수란 없네. 그보다 집중하고 있으니 조용히 하게나."

리프의 얼굴에 불만과 분노가 배어 나왔다.

지금 리프가 마법으로 대항하여 싸우고 있는 상대는 수십 명으로 구성된 대륙 굴지의 마법집단이다. 단신으로 대항할 수 있는 사람은 리프 정도밖에 없을 것이다.

루이나가 짓궂은 표정으로 말했다.

"난 만일의 이야기를 하는 거야. 대책은 있나?"

"그런 건 없네."

"그래서는──."

루이나의 말이 도중에 가로막혔다.

마침내 리프의 인내가 한계에 달했다.

"시끄러워~! 빨리 가란 말이야아아아아!"

"하하, 미안. 자, 그럼."

만족한 루이나가 텐트 바깥으로 나왔다.

작은 산의 정상이라 주위 일대가 멀리까지 한눈에 보였다.

루이나가 일부러 만들게 한 것이다.

그리고 루이나의 눈앞. 거기에는 만 명을 넘는 군대가 모여 있었다.

"자, 제군들──."

루이나가 도도하게 말했다.

1분도 안 되는 짧은 이야기였지만, 만 명의 군세는 목숨을 아까워하지 않을 정도로 사기가 고양되었다.

마지막으로 루이나가 손을 들었을 때, 그들 모두가 떨쳐 일어났다.

제1진이 진군을 시작했다.

제1진은 이라츠와 바시나 등의 웨이라 제국군이었다.

수도를 둘러싼 평원.

초목이 없는 것은 방어 측의 이점이다.

수도를 둘러싼 외벽 곳곳에 구멍이 뚫렸다.

깔끔하게 가로로 일렬로 정렬되어 있지만, 떨어진 곳에서 보면 검은 반점 같은 그 구멍에 생리적인 혐오감을 품는 자도 적지 않을 것이다.

저 모든 구멍이 포대다.

게다가 수만의 군세도 대기하고 있다. 여러 강대국의 정예를 포함해 각자 국기를 들고 버티고 있었다.

"얕보고 있군. 병력을 몇 배 더 갖춘 정도로 강대한 웨이라 제국군을 상대할 수 있을 것 같은가."

"저쪽에도 웨이라 제국군이 있는 것 같다만?"

이라츠의 내뱉는 듯한 말에 바시나가 딴지를 걸었다.

"세뇌당해 봤기에 알 수 있다. 저런 꼴로는 본래의 힘을 끌어낼 수 없다."

"하하! 그건 그렇지."

제1진.

겨우 3천의 병력이지만 평원 한 면을 메우고 있었다.

그들은 포격에 아랑곳하지 않으며 진격했고, 적은 두부처럼 간단히 무너져갔다.

그야말로 인간 최강의 군대.

단 한 명의 남자에게 반파 수준까지 몰리고, 중견 국가 수준의 스틸비츠에게 패배하고, 동화국에서도 고배를 마시며 각국의 조롱을 샀지만, 그것도 오늘까지.

이 전투로 다시 평가가 뒤집어질 것이다.

제2진.

거기에는 유이와 실라가 있었다.

서로 시선을 마주치지 않고 전선에서 전개되고 있는 싸움을 보고 있었다.

갑자기 실라가 입을 열었다.

"지드를 덮치고 싶어?"

"응."

"여제의 명령이라서?"

"아니."

"진심으로 좋아해?"

"응."

유이는 무뚝뚝하게 대답한 것 같지만, 그녀의 대답에는 깊은 밤에 이루어지는 연애 이야기와 같은 장난스러움과 진지함이 감돌고 있었다. 혹은 서로 죽이기 직전의 수라장과 같은 분위기로도 보이는 모순도 있었다.

"지드랑 고향에 갔다면서."

그건 어디서 들은 걸까. 쿠에나나 지드라면 알고 있겠지만, 실라는 아니다.

하지만 유이도 첩보를 특기로 하는 자인만큼 알 수 있었다. 실라의 정보수집 능력은 경계할만한 수준이었다.

유이는 실라의 눈을 똑바로 바라보며 단적으로 대답했다.

"응."

실라가 돌아보며 시선을 교차시켰다.

"나도 좋아해. 그리고 지드랑 사귀고 있어."

"……."

유이가 시선을 전장으로 돌렸다.

웨이라 제국에서는 중혼이 가능하다. 하지만 심정적으로 독점하고 싶어 하는 마음은 누구에게나 있을 것이다. 그래서 유이는 실라가 기선을 제압하고 있는 것이라 생각했다.

그러나 생각과는 반대로 유이의 눈앞에 손이 내밀어졌다.

"지드랑 쿠에나는 내가 설득할게."

"나도 가족 관련으로 이런저런 일이 있어서 마음이 이해돼. 좋아하는 사람이랑 떨어지고 싶지 않잖아."

"……응."

그건 불건전한 의존일지도 모른다.

하지만 지금까지 긍정도 부정도 당한 적이 없었다.

오히려 기적적으로 두 사람 속에는 공감밖에 없었다.

그래서 유이는 실라의 손을 잡았다.

"앞으로 잘 부탁해!"

"응."

"그러기 위해서는 여기서 살아남고 이기자~!"

"응."

활짝 미소를 짓는 실라와 표정이 전혀 없는 유이.

두 사람은 대조적이었지만 신기하게도 마음은 같았다.

──빛의 검술과 어둠의 마법이 대비를 이루면서도 합쳐지듯 이 전장에서 날뛰었다.

◇

싸움은 격렬해졌다.

그 뒤에서 루이나의 호출을 받은 쿠에나가 밀담을 나누고 있 었다.

"이걸 가져가는 게 좋을 거야."

루이나가 마름모꼴의 매직 아이템을 건넸다.

그걸 받아든 쿠에나는 고개를 갸웃했다.

"이게 뭐야?"

"완전냉각 매직 아이템이다. 어떤 것이라도 얼릴 수 있지."

"필요 없어. 난 내 힘으로 싸울 수 있어."

쿠에나가 받기를 거부했다.

하지만 루이나는 내민 채로 집어넣지 않았다.

"착각하지 마라. 이걸 싸움에서 활용하라고 하는 게 아니다."

"그럼 뭐야?"

"중심부의 요인 근처에 자폭용 매직 아이템이 있을 테니 그걸 얼려야 한다."

"……저들이 그렇게까지 한다고?"

"내가 그들의 입장이라면 그렇게 할 거다. 말했잖아, 이건 전쟁이다. 상대가 수단을 가릴 거라고 볼 수는 없지."

루이나가 막힘없이 단언했다. 자기 예상에 티끌만큼의 의문도 가지지 않은 것 같았다.

"그러면 제국을 탈환한 의미가 없잖아."

"네 생각이 미치지 못하는 것도 무리는 아니지. 제대로 된 윤리관을 가지고 있으면 자신의 죽음 따위는 뇌가 상상하는 것도 이해하는 것도 거부할 테니까."

루이나의 말을 듣고 폄하를 당한 듯한 기분이 들어 쿠에나는 한쪽 눈썹을 치켜올리며 불쾌감을 드러냈다.

"역시. 악독한 놈들끼리는 생각도 같은가 봐? 멋지네."

"이런 생각을 할 수 있으니까 지금까지 살아남은 거다."

루이나의 얼굴에 그늘이 생겼다.

그게 보는 사람의 마음을 끄는 연기라는 걸 알면서도 어디선가 느껴지는 마성에 쿠에나는 의식을 다른 곳으로 돌릴 수 없었다.

"나처럼 제국을 떠나면 됐잖아."

"진심으로 말하는 건가? 내가 널 몰래 도와주고 있었는데도?"

"……그걸 믿으라고?"

"우리의 형제가 어떻게 죽었는지 기억하나?"

"물론. 아버지가…… 제왕이 쇠약해진 틈을 타 한 번에 제거당했지. 그것도 어차피 네가 뒤에서 마구 죽였지?"

쿠에나의 빈정거림에 루이나가 애잔한 얼굴로 고개를 숙였다.

"넌 아무런 이상함도 느끼지 못했나? 웨이라 제국은 실력주의다. 그런데 이상하게 제위는 혈통으로 정해지지. 그리고 그걸 모두가 맹신한다. 조금만 생각하면 이상하다는 걸 알 수 있지."

"네가 아랫사람을 억눌렀잖아."

"내가 여제가 되었을 때의 이야기는 했던가?"

루이나가 부정도 긍정도 하지 않고 물었다.

쿠에나는 회상하면서 대답했다.

"전 재상 일파를 죽이고 마을을 불태웠잖아."

"재상 일파를 죽인 건 사실이다. 하지만 마을을 불태운 건 내가 아니다."

"뭐? 너…… 말했잖아! 마을을 불태운 건 자기라고!"

"그러니까, 그게 거짓말이라는 거다."

루이나가 태연하게 말했다.

"아아아~~! 너랑 얘기하면 머리가 이상해질 것 같아!"

쿠에나가 머리를 쥐어뜯으며 붉은 머리카락을 흩뜨렸다. 그 선명함 때문에 활활 타는 불꽃처럼도 보였다.

비슷한 색과 길이의 머리칼을 지닌 루이나가 미소를 지으면서 눈을 가늘게 떴다.

"잘 들어. 지금 이때만큼은 나는 진실밖에 말하지 않아."

"어차피 그 말을 하는 순간부터 거짓말할 거잖아!"

쿠에나가 손가락으로 척 가리키면서 말했다.

더는 속고 싶지 않은지 인간불신에 빠진 낌새마저 보였다.

하지만 루이나는 기죽지 않고 계속해서 말했다.

"정말이다. 실은 지드에게 속마음을 전했다."

"소, 속마음……?"

자기도 모르게 궁금해져 쿠에나가 앵무새처럼 들은 말을 되풀이했다.

"마음에 두고 있는 남자라고 전했어."

"뭣……?!"

그런 말로 얼굴을 붉힐 정도로 쿠에나도 순진한 마음을 계속 가지고 있는 듯했다.

루이나도 뭔가 재밌다는 듯이 미소를 짓고 있었다.

"그래서 내 심정을 다른 한 사람에게라면 토로해도 괜찮겠다고 생각했어. 그래서 떠오른 게 옛날부터 걱정했던 너다."

온화한 분위기가 확 변했다.

쿠에나가 눈을 날카롭게 뜨고 모순을 지적했다.

"이거 봐, 거짓말이잖아! 나 같은 건 걱정하지 않았을 텐데!"

117

"난 가족이 정말 좋았어. 하지만 겉으로는 그다지 티를 내지 않았지. 그렇게 숨기는 건 태어났을 때부터의 버릇일 거야. 살기 위한 처세술이라는 거지. 너라면 이해해주겠지? 궁정에 있으면 그렇게 돼버려."

짐작 가는 곳이 있는지 쿠에나가 입을 다물었다.

"전 재상은 여자만은 살려뒀지. 누구든 상관없었던 거야. 여자가 제위를 이은 뒤에 혼인을 맺으면 정식으로 제왕이 되니까. 하지만 실수를 범했지. 날 살려둔다는 실수를. 결국 반격을 당한 거지."

"그럼 마을을 불태운 의미는 뭐였던 거야."

"내 지위가 위태로워지면 혼인을 맺는 것도 쉬워져서 제위를 완전히 찬탈하는 게 가능하다고 생각했겠지. 나에게 아이 같은 건 없고, 계승권이 있는 사람도 제국을 버린 너나 친척 정도였으니까. 쉽게 진행될 계획이었을 거야."

쿠에나가 마름모꼴의 매직 아이템을 쥐고 등을 돌렸다.

"……왜 그렇게 착한 척을 하고 싶어 하는지는 모르겠지만, 솔직히 관심 없어."

쿠에나는 루이나의 대답을 듣지 않고 바깥으로 나갔다.

밖에는 네림이 서 있었다.

"엿듣고 있었어?"

"쿠에나를 기다리고 있었어."

"같은 거 아냐?"

"글쎄."

쿠에나와 네림이 나란히 걸었다.

잠시 뒤에 네림이 입을 열었다.

"나는 사검이 되고 나서 언젠가 모국이 멸망했다는 이야기는 들었어."

"갑자기 뭐야?"

"미쳐버릴 것 같은 세월이 지나고 가족 생각이 났어. 이러니저러니 해도 역시 가족은 특별한 관계라고 생각해. 너한테도 복잡한 사정이 있겠지만, 시답잖게 이별하면 상실감이 대단하지."

"……하지만 저 녀석은 무슨 생각을 하고 있는지 알 수 없는걸."

쿠에나가 입을 삐죽 내밀며 말했다.

심정적으로 납득 안 되는 부분이 있을 것이라고 심정을 헤아리면서도 네림은 고개를 저었다.

"이번 작전, 기억하지? 나랑 쿠에나가 적의 중심부로 돌격. '아스테라의 추종자'의 마법부대를 섬멸하는 거야. 단둘이서."

"그게 뭐."

"중요한 일이잖아. 루이나의 심복은 유이라는 아이일 텐데, 일을 너한테 맡겼어. 넌 그만큼 인정받고 있다는 뜻이야."

"딱히 이 정도는."

네림이 계속해서 말했다.

"그리고 아까 한 이야기도 그래. 눈치챘어? 루이나가 여제가 됐다면 재상의 뜻대로 일이 진행되고 있다는 거잖아. 그렇다면 다른 핏줄은 방해만 되지. 힘 있는 공작가나 장군의 집안이나, 다른 나라의 왕족이라면 제거하는 건 어렵겠지만. 쿠에나는 무명의 신참 모험가였잖아. 아무도 모르게 제거당했어도 이상하지 않은 처지야. 하지만 넌 목숨의 위협조차 느끼지 못했잖아. 누군가가 지켜주고 있는 게 아닌 한은 이상한 이야기야."

"그런 건 얼마든지 반론할 수 있거든."

쿠에나가 입을 삐죽 내밀면서 말했다.

네림은 어깨를 으쓱이며 고개를 저었다.

"고집이 세네."

"그 녀석의 평소 행실이 나빠서야."

"그럴지도 모르지."

네림이 웃음을 지었다.

쿠에나도 덩달아 웃고 말았다.

"뭐 그래도…… 조금은 이야기를 들어줘도 괜찮을지도."

"그게 좋을 거야. 아무것도 모르는 채로 있는 건…… 좋지 않으니까."

네림이 하늘을 올려다보면서 말했다.

죽은 용사를 떠올리고 있었다.

무엇이 그녀를 배신으로 이끌었을까.

좀 더 이야기했다면 결말이 바뀌었을까.

아무리 반추해도 답이 나오지 않는 미로다.

"……어라, 그래도 말이야. 루이나는 나랑 지드에게만은 속마음을 이야기해도 괜찮다고 했지. 네림이 엿듣고 있었다면 지드랑 나랑 너로 세 명이 되는 거지?"

그건 루이나가 바라는 바가 아닐 것이다.

쿠에나의 마음속에 어째서인지 개운치 않은 느낌이 생겨나 있었다. 그녀는 그 정체를 아직 모른다.

"아, 전장이 적당한 느낌으로 열기를 띠고 있네."

쿠에나의 말을 가로막듯이 네림이 전장을 봤다.

쿠에나가 싸늘한 눈으로 네림을 바라봤지만, 네림이 돌아보는 일은 없었다. 그 대신 손이 내밀어졌다.

"그럼 전이한다. 내부에는 공간을 파악하지 못해서 전이할 수 없으니까, 여기서 보이는 왕성 위 근처로 날아갈 거야. 어차피 마법을 쓰는 놈들도 그쯤에 있겠지."

"예 예. 빨리 가자."

전투 전의 분위기가 아니었다.

하지만 그건 실력을 발휘하기 위해 힘을 빼고 긴장을 푸는 것과 같았다.

"——전이."

네림이 말하는 것과 동시에, 순식간에 두 사람의 표정이 굳어졌다.

이 전환 속도가 두 사람이 숙련된 전사라고 이야기해줬다.

전이한 곳은 공중이다.

"진짜로 위잖아!"

쿠에나가 자기도 모르게 소리쳤다.

마력으로 몸을 강화하면 문제가 없다고는 해도, 고도가 상당했다.

왕성의 옥상까지는 몇 미터 정도의 거리가 있었지만, 지상까지는 몇 배나 떨어져 있었다. 갖춰져 있는 본능이 공포를 불러일으키는 것도 당연했다.

"——간다."

옆에서 낙하하는 네림이 작게 말했다.

그리고 검을 휘두르니 공기를 진동시킬 정도의 압력이 하늘에서 쏟아졌다.

바람 계통의 마법이라는 걸 알 수 있었다.

그 마법은 쿠에나 일행보다 먼저 왕성의 옥상에 닿았다.

통상적인 건물보다 훨씬 튼튼하게 만들어져 있을 텐데, 네림의 마법에 의해 두부처럼 쉽게 부서졌다.

(진짜 괴물이네……!)

쿠에나가 다시금 인식했다.

옆에 있는 파란 머리칼을 가진 소녀는 사상 최강의 검성이라 불렸던 걸물이라는 것을.

네림이 눈앞에서 일으킨 맹위는 그만큼 눈에 띄었다.

두 사람이 착지한 곳은 거대한 공간이었다.

공사를 강행했는지 조잡하게 구멍을 뚫은 방을 연결하고 있었다.

"누, 누구냐!"

방에 있던 인물들이 갑자기 찾아온 방문자에게 언성을 높였다.

"여기 살던 사람이야."

쿠에나가 자기도 모르게 그리워하는 듯한 말투로 말했다.

살았다고는 해도 상당히 오래 전 이야기다.

하지만 어쩐지 내부 설비 등이 눈에 익어서 향수를 느꼈을 것이다.

"루, 루이나……?! 아니, 여동생 쪽인가!"

"잘 아네. 그쪽은 웨이라 제국군이 아닌 것 같은데?"

"윽……!"

쿠에나의 시야에는 서른 명 정도의 로브 차림의 집단이 있었다.

마법진이 그려져 있었고, 지금도 유지하기 위해서인지 몇 명이 쿠에나 일행에게 의식을 돌리지 않고 괴로워하는 표정으로 계속 마법을 행사하고 있었다.

"확실해. '아스테라의 추종자'의 마법부대가 틀림없어. 여길 제압하면 세뇌 마법을 풀 수 있어."

네림이 기뻐하며 사검을 쥐었다.

"이 자식들……!"

집단이 주저 없이 마법을 발동했다.

상위 공격마법과 고도의 전이, 현혹 마법을 행사하고 있었다.

수준 높은 마법사라는 걸 알 수 있었다.

하지만 상대가 안 좋았다.

마법부대는 순식간에 네림에게 제압당해, 단 한 명도 도망치지 못했다.

"저기…… 내가 할 일이 없는데."

"쿠에나는 루이나에게 부탁받은 일이 있잖아. 여기서부터 따로 행동하자. 난 다른 마법부대를 찾겠어."

"다른 마법부대? 이 녀석들만 있는 게 아니야?"

"고도의 마법을 대규모로 유지하려면 아마 교대제로 하고 있을 거야. 아마 세 부대쯤은 더 있겠지. 뭐, 탐지 마법으로 위치는 얼추 알아냈어."

"그만한 숫자를 혼자서 감당할 수 있겠어?"

"물론, 내 걱정은 할 필요 없어."

"하긴, 이렇게 순식간에 끝내버릴 수 있다면 괜찮겠구나."

"그보다 쿠에나야말로 괜찮아? 마법부대랑 마주치면 나 대신 싸워야 해."

"당연히 문제 없지."

쿠에나가 섭섭하다며 볼을 부풀렸다.

아무래도 네림도 진심으로 걱정하고 있는 건 아닌지 깔끔하게 수긍했다.

"우리가 들어온 걸 알면 곧장 자폭을 시도할지도 몰라. 농성하면서 시간 끌면 일이 꼬일 거야. 뭔가 수상한 움직임이 있으면 바로 합류해."

"알았어."

◇

네림과 헤어지고, 쿠에나는 턱에 손을 대고 생각에 잠겼다.

(만약 자폭용 매직 아이템이 있다고 한다면…… 어디에 설치했을까?)

루이나에게 가장 중요한 것을 물어보지 않았다는 사실에 살짝 어이가 없었다.

아니, 어쩌면 루이나도 장소까지는 몰랐을지도.

하지만 쿠에나가 냉정했다면 물어보기는 했을 것이다. 그러지 못했던 건 전적으로 루이나에 대한 적대심 때문이었다.

(이건 질투야. 나에게 없는 걸 가지고 있어서…….)

쿠에나는 자숙했다.

루이나는 많은 것을 가지고 있었다.

젊어서부터 기지를 발휘해 많은 귀족과 장군의 지지를 얻었다.

무엇보다 쿠에나는 창부 사이에서 태어난 아이이고, 루이나는 정실의 아이였다.

어릴 때부터 '차이'를 뼈저리게 이해하고 있었다.

(전 재상 건도 그래. 사실은 알고 있었어. 루이나는 날 국외로 도망치게 해줬어.)

쿠에나가 주먹을 쥐었다.

강하게 쥐었다.

강하게 부정하고 싶어지는 마음을 억누르는 것 같았다.

(난 창부 사이에서 태어난 아이이고 루이나는 정실의 아이. 핏줄을 들이기 위해 여자 한 명이 필요하다면 루이나만으로 충분. 오히려 난 부적합. 만약 루이나가 날 멸시하거나 아무래도 상관없다고 여기고 있었다면…… 난 죽었을 거야.)

돌이켜보면 지켜줬다고 느껴질 정도로 지금까지 부자연스러운 점들이 있었다.

그렇기에.

(지드는 나의 것. 루이나가 유일하게 가지고 있지 않은 것. 그 녀석이 부러워할 만큼…….)

예전에는 무의식적으로 느끼고 있던 것이었다.

하지만 지금은 확실하게 의식하고 있었다.

지드의 존재는 심리적으로 루이나에게 대항하기 위한 도구가 되어 있기도 했다.

(……난 무슨 짓을.)

이런 생각을 품은 자신에게 구역질이 났다.

하지만 부정할 수 없다.

그렇게 지드의 가치를 재확인하고, 지드에게 떳떳하지 못함을 느끼는 동안에 한층 더 지드에 대한 마음이 강해지고 만다.

(언제부터 좋아하게 된 걸까. 하지만 분명 루이나와 재회하기도 전에…….)

지드에 대한 호의는 틀림없는 진짜다. 하지만 뇌리에 루이나가 어른거려서 견딜 수가 없었다.

(아아아~! 정말, 그게 아니야. 찾아야 해! 지금은 어쨌든……!)

쿠에나는 매직 아이템이 있을 법한 곳을 향해 직감적으로 발길을 옮겼다.

쿠에나가 도착한 곳은 왕성의 중앙, 식량 창고였다.

(뭐, 십중팔구 여기겠네. 여기에 없다면 왕성에는 없다고 생각해도 되겠지.)

쿠에나가 거대한 문을 만지려다가 멈칫했다.

(……만약 웨이라 제국이 없어지면? 루이나는 아무것도 남지 않겠지. 어쩌면 나처럼 평범하게 살아야 할 지도 몰라…….)

자신에게 유리한 생각만 떠올랐다.

"어라? 누구신가요?"

갑자기 누군가가 말을 걸었다.

뒤돌아보니 안경을 쓰고 머리가 부스스한 소년이 있었다.

에이겔——.

다종다양한 매직 아이템을 다루는 차세대 마법사라고도 불리는 자다.

그리고 그는 '현자'였다.

"……!"

쿠에나가 자세를 잡았다.

'아스테라의 추종자'는 적이다.

하지만 그런 쿠에나의 경계와는 반대로 에이겔은 물러나는 눈치였다.

"어? 싸, 싸우는 검까?"

"그러려고 온 거 아니야?"

"아니요, 전 그 방 안에 용무가 있을 뿐인데요."

"식량 창고에? 무슨 용무?"

쿠에나의 물음에 에이겔이 잠시 말을 골랐다.

"아까 왕성의 천장에 구멍을 뚫고 침입한 자가 있는데, 당신인가요?"

"정확히는 내가 아니라 같이 온 사람이 했지."

"그럼 적이네요."

에이겔이 말했다.

"역시 적이잖아!"

쿠에나가 소리치자 에이겔이 고개를 저었다.

"뭐, 적대 세력이긴 하지만 전 싸울 생각이 없어요. 지금 좀 급해서 그런데, 안에 들어가도 되나요?"

"사정을 설명해."

"그럼 들어가서 하죠. 저는 휘말려 죽기 싫거든요."

에이겔이 식량 창고를 열었다.

안에 있는 것은 풍부한 식량이 아니라 두 개의 거대한 매직 아이템이었다.

하나는 흰색과 검은색이 줄무늬를 이룬 수정형 매직 아이템이었다.

네 개의 기둥 사이에 끼어서 고정되어 있었다.

에이젤은 그것에 볼일이 있었는지 옷에 달린 홀더에서 여러 매직 아이템을 꺼내 만지작거렸다.

"음~? 음…… 어라? 아아……."

뭔가 만지기 시작했지만, 쿠에나는 전문가가 아니라 알 수 없었다.

경계를 소홀히 하지 않도록 거리를 두면서 솔직하게 고개를 갸웃거리면서 물었다.

"이게 뭐야?"

"전이용 매직 아이템임다."

"뭐? 왜 그런 게 여기에 있지?"

"전이라고는 해도 허무로 보내는 물건입죠."

"허무가 뭐야?"

"그건 해석 중이지만, 뭐, 보낸 것은 전부 소실되었으니 작열하는 마그마보다 더 위험한 곳이겠죠. 그래서 원리는 전이 마법이지만, 파괴 마법보다 더 효과적인 파괴용 매직 아이템이라고 보시면 됩니다."

"뭐……?"

쿠에나가 멍하니 반응했다.

이야기의 내용에 대해서는 반 정도밖에 이해하지 못했지만, 그게 위험한 매직 아이템이라는 것은 이해했다.

"잠깐만, 그걸 어떻게 할 생각이야? 작동할 생각이라면──!"

"좋아. 해제 완료. 이제 발동 안 함다."

에이겔이 이마의 땀을 닦으면서 중얼거렸다.

예상 밖의 행동에 쿠에나는 머리에 다시 물음표가 떠올랐다.

"어떻게 된 거야. 넌 연합군 측 아니야?"

"아뇨, 전쟁은 어찌 되든 상관없단 말이죠. 싸움 같은 건 비효율적이니까요. 언쟁으로 생기는 자금만 받을 수 있다면 충분해서요. 기술 제공은 했지만, 부모님께 사람에게 폐를 끼치지 말라고 배워서 뒤처리를 하고 있을 뿐임다."

에이겔이 가느다란 매직 아이템을 홀더에 넣고 방에서 나가려고 했다.

"빨리 도망치는 편이 좋을 검다. 옆에 있는 건 폭발계통 매직 아이템임다. 제가 준비한 게 아니라 해제도 어려우니 방치하는데, 빨리 안 가면 휘말릴 검다."

그 말만 남기고 에이겔이 떠났다.

"……대체 뭐였던 거야."

갑자기 나타난 현자.

제대로 대화하는 일 없이 떠나갔다.

쿠에나의 감으로는 나쁜 녀석은 아닌 것 같았다.

하지만 지금은 에이겔은 어찌 되든 상관없다.

쿠에나가 곧 기동될 또 하나의 위협을 봤다.

단순히 폭발할 뿐이라면 루이나에게 받은 매직 아이템을 쓰는 것만으로도 막을 수 있다.

하지만 쓸데없는 생각이 다시 머리를 어지럽혔다.

"……만약 웨이라 제국이 사라지면."

다시 그런 생각에 빠져들었다.

갑자기 배후에 기척을 느꼈다.

"찾았구나."

네림의 목소리였다.

피는 전혀 뒤집어쓰지 않았지만, 여유만만한 모습을 보니 마법 부대를 이미 전멸시켰다는 것을 알 수 있었다.

"이제 받아온 매직 아이템을 쓰면 되겠네."

네림이 팔짱을 끼면서 벽에 등을 기댔다.

"쿠에나는 열등감의 결정체구나."

"갑자기 뭐야."

"분하면 루이나를 의식하지 않으면 되잖아."

"딱히 그런 건……."

"뭐, 루이나는 신경 쓰고 있는 것 같지만."

"그 녀석이?"

쿠에나가 의외라는 듯이 말했다.

쿠에나도 네림의 통찰력은 인정하고 있었다.

실제로 지금도 자신의 심경을 맞췄으니, 루이나가 신경 쓰고 있다는 발언도 신빙성이 있다고 느끼지 않을 수 없었다.

"루이나는 아마 지드를 좋아할 거야."

"그건 그 녀석이 강하니까 이용하려는 것뿐이잖아. 속마음을 전한 것도 지드를 마음대로 이용하고 싶어서일 뿐이야."

"사람을 좋아하게 되는 동기는 각자 달라. 중요한 건 네가 라이벌이 됐다는 거지. 네가 들고 있는 그것도, 널 라이벌이라고 인정했으니까 줬을 거야."

쿠에나가 쥔 마름모꼴 매직 아이템을 네림이 가리켰다. 그리고 이어서,

"'난 적의 움직임을 간파할 수 있어'라고 말하는 거야. 자신이 대단하다는 걸 보여주려는 거야. 알겠어? 넌 네가 생각하는 것보다 강해."

아아, 라고 쿠에나가 중얼거렸다.

그리고 자신의 뺨을 힘껏 때렸다.

입가에 피가 맺힐 정도의 세기였다.

"여기서 웨이라 제국이 사라지면 지드가 곤란하겠지."

쿠에나의 머리에서 쓸데없는 망설임의 그림자는 사라졌다.

"폭발하면 여기에 있는 나도 꽤나 곤란한데."

네림이 볼을 긁으면서 보충했다.

그리고 쿠에나가 마름모꼴의 매직 아이템을 내밀었다.

식량 창고였던 곳은 삐걱이는 듯한 소리와 함께 절대영도를 맞이했다.

문을 닫고 밖으로 나와도 하얀 입김이 나올 정도로.

제4화 그 모습은 용사인가, 마왕인가

소리아가 지드에게 격한 어조로 말했다.

"지, 지드 씨가 이기지 못해도 저희와 함께 싸우면……!"

"괜찮아. 빨리 도망쳐."

지드가 입꼬리를 올리면서 말했다.

딱딱한 웃음이었지만, 소리아에게는 익숙한 표정이었다. 누군 가를 안심시키기 위해 억지로 만드는 웃음이다.

"소리아 님…… 안타깝지만, 저희는 걸림돌입니다."

필이 옆에서 말을 걸었다.

그녀들도 비전문가는 아니다. 아무리 괴로워도 철수할 타이밍 인 것은 틀림없다.

"──무운을 빕니다!"

"그래."

모두가 부상자를 데리고 말과 마차에 올랐다.

그중에는 스피의 모습도 있었다.

그 그림자가 보이지 않게 되었을 즘에 지드가 로이터를 봤다.

"괜찮나? 놓아줘도."

지드가 느긋하게 물었다.

로이터가 미소 지었다.

"상관없어. 널 죽인 뒤에 잡으면 되니까."

"꽤나 여유를 부리네."

"내 실력은 알고 있겠지?"

지드의 눈에는 대기를 찢어발길 듯이 방출되는 마력이 보였다.

그 마력은 압력이 되어 피부에 바싹바싹 전해져왔다.

"묻고 싶은 게 있어. 내 부모라는 건 무슨 뜻이지? 그렇게 나이 차이가 많이 나는 것처럼 보이진 않는데."

"궁금한가?"

"그래. 엄청."

지드가 솔직하게 수긍했다.

설령 적이라 하더라도 순수한 마음으로 상대의 말에 응하고 있다.

하지만 로이터는 달랐다.

"그럼 고문이라도 해봐라."

이야기에 진전이 없었다는 점으로 보면 이 대화에 의미는 없었을 것이다.

하지만 로이터는 지드를 동요하게 만들 수 있었다.

치사한 수법이다.

하지만 지드는 그걸 알아차리지 못했다.

"고문이라~……."

지드의 얼굴에 고민하는 기색이 떠올랐다.

그걸 본 로이터가 유쾌하다는 듯이 웃었다.

"하하하, 이해해. 네가 날 잡는 건 불가능하지."

"그렇지. 산 채로 잡는 건 무리야. 그러니까 가르쳐줘."

"알 바냐. 그보다 이번에는 내가 묻도록 하지. 왜 웨이라 제국에 가담했나."

"그야, 너희들 끔찍한 짓을 하고 있잖아?"

"필요한 일이다."

"사람을 죽이는 게?"

"희생은 무엇을 하든 생긴다."

로이터가 단호하게 바로 답했다.

자신의 행동이 선이라는 것을 믿어 의심치 않았다.

마치 다른 생각이 악이라고 여기는 것 같았다.

"……그렇게 쉽게 사람을 죽이려고 하는 거, 엄청 싫어. 그보다 쉽게 죽이지 않더라도 죽이는 건 싫어."

"그럼 더는 말이 필요 없겠군. 넌 실패작이었을 뿐이다."

"실패작?"

"알 필요 없다——."

로이터의 대검이 뽑혔다.

그렇게 인식했을 때는 눈앞에 다가와 있었다.

사선으로 베었다.

지드의 옷을 살짝 스쳤지만, 백스텝으로 피해냈다.

다시 거리를 벌리고 지드가 제안했다.

"잠깐만. 여긴 저 마을이랑 가까워."

지드가 신도를 가리켰다.

로이터가 뒤돌아본 뒤에 득의양양하게 미소를 지었다.

"그래서?"

"피해가 날 거야. 다른 곳으로 옮기지 않을래?"

"크크. 역시 넌 용사구나. 얼간이지만 다른 사람을 생각할 수 있어."

"……."

칭찬받는 것 같기도 하고 조롱당하는 것 같기도 하지만 본질적으로는 지드에 대해서는 아무 얘기도 안 하는 것 같기도 했다.

"하지만 바꿀 필요는 없다. 어차피 넌 여기서 죽는다. 저곳에 피해가 생기는 일도 없이."

로이터가 자세를 잡았다.

지드가 안타깝다는 듯이 뒤통수를 긁었다.

"──죽는 건 로이터야."

어쩔 수 없이 지드가 결론을 말했다.

그건 오만이 아니다.

그저 신도 사람들에게 피해가 가지 않도록 배려해서 한 말이었다.

"뭐? 너도 인정하지 않았나. 내가 더 강하다고."

"응. '지금의' 나는 말이지."

"……넌 날 잡을 수 없다고 말했을 것이다."

"'산 채로' 말이지."

로이터가 미간을 찌푸렸다.

지드의 말장난 같은 언사에 짜증을 느끼고 있었다.

"장난하는 거냐?"

"진심이야. 네가 이길 수 있는 때는 소리아와 모두가 있는 타이밍이었지. 그렇다면 나도…… 아니, 미련이구나. 그만하자. 응. ──마지막으로 부탁할게, 다른 녀석들을 말려들게 하고 싶지 않아. 아무도 없는 곳에 가지 않을래?"

"끈질기다."

로이터가 지드의 제안을 뿌리쳤다.

"그런가……. 십식──【음영】."

지드의 등 뒤에 그림자가 나타났다.

그것은 달걀 같은 형태를 지녔고 한 사람을 통째로 집어삼킬 수 있을 정도로 컸다.

로이터가 비웃는 듯이 얼굴을 일그러뜨렸다.

"그건 무슨 마법이지? 해치려는 의지가 전혀 느껴지지 않아. 경계심조차 들지 않는군."

"이건 봉인 마법이야."

"봉인?"

"그래, 강한 마법을 열 개나 배우면 쓸 필요가 없어지지 않을까 싶어서…… 그렇게 생각해서 열 번째 번호를 붙였지."

이번에는 지드가 의미심장한 대답을 할 차례였다.

그건 마치 방금 전의 로이터와의 문답을 반복하는 것처럼 느껴지기도 했다. 실제로 로이터는 그렇게 생각하고 있었다.

하지만 지드는 달랐다.

일부러 그런 짓은 안 한다.

그저 본능이 분명히 말하는 것을 피했다.

"날 봉인이라도 할 셈이냐?"

"아아, 아니, 이건 날 봉인한 거야."

지드가 볼을 긁으며 한심하게 웃었다.

"뭐?"

로이터의 눈이 휘둥그레졌다.

영문을 알 수 없는 말에 당혹감을 숨길 수 없었다.

"쓰고 싶지 않았던 마법을 지금부터 쓸 거라고."

지드가 로이터를 향해 똑바로 뻗었다.

순간 로이터의 등골이 오싹 떨렸다.

"간다. 영식――【부정신·낙락빙의】."

일대의 마력이 거무튀튀하게 변색했다.

지드에게서 분출되고 있는 것처럼 보이지만, 자연의 마력이 멋대로 까맣게 물들고 있는 것이다.

압도적이기까지 한 지배와 절망이 있었다.

초목까지도 사는 것을 포기한 듯이 시들었다.

――목숨을 빼앗는 치열한 싸움에서 눈을 깜빡이는 행동은 생

사를 가른다.

로이터는 방심하지 않았다.

애초에 거리가 상당히 벌어져 있었다.

설령 거리를 좁힌다고 해도 대처는 할 수 있었다. 그럴 줄 알았다.

하지만 그건 자만이었다.

어느샌가 로이터의 눈앞에서 지드가 사라졌다.

수면에 떨어진 물방울이 호수에 동화될 틈도 없을 정도로 찰나의 깜빡임이었을 텐데.

"어라아. 형. 그리운 맛이 나. 맛?"

로이터의 등 뒤에서 목소리가 들렸다.

그건 평소의 지드의 목소리보다 약간 높은 목소리였다. 어린 목소리였다.

침을 꿀꺽 삼키면서 로이터가 뒤돌아봤다.

──최강의 부대 전원이 처참하게 죽어있었다.

마족도 멸망시킬 수 있다는 자부심이 있었다.

실제로 그만한 전력이었다.

그게 전멸.

눈 깜짝하는 사이에.

무엇보다 지드가 뭔가를 먹고 있었다.

(저건…… 손?)

쿵, 하고 로이터 옆에 쇠가 떨어졌다.

자신이 들고 있던 대검이었다.

이상하게도 로이터의 오른팔 아랫부분이 사라졌다.

"뭐…… 뭐냐…… 이건."

공격당했다?

전혀 인지할 수 없었다.

아스테라로부터 받은 힘으로도 상대와의 '역량 차이'조차 알 수 없었다.

이런 일은 있을 수 없다.

아니, 있어서는 안 되는 일이다.

로이터의 사고 회로가 혼란으로 물들어갔다.

하지만 시간은 시시각각 흐르고 있다.

"맛? 아니야. 음~. 아, 냄새다. 그리운, 냄새."

천진난만한 미소와 어린 애들처럼 부족한 어휘.

하지만 그의 얼굴은 천진함과는 조금도 어울리지 않는 선혈로 붉게 물들어있었다.

그는 먹고 있었다. 로이터의 팔을.

로이터가 아는 지드와는 완전히 다른 모습으로 변해있었다.

"이게 어떻게 된 거냐……."

로이터가 눈을 크게 뜨고 뒷걸음질 쳤다.

◇

금기의 숲속.

그곳에서 A랭크 파티 '끝없는 바다'가 탐색을 하고 있었다.

"세상은 전쟁통인데 우리는 소재 수집이라니~."

"이렇게 물자가 부족한 시대니까 소재 수집이 돈이 되는 거잖아."

전사가 푸념하는 척후를 타일렀다.

뒤에서 마법사가 안경을 고쳐 쓰면서 대화에 끼어들었다.

"하지만 이 전쟁으로 길드가 없어질지도 모르는 일 아니야? 길드에서 전쟁과 관련된 의뢰를 너무 받지 않는 편이 좋아."

상당히 신중한 견해였다.

하지만 모험가는 자유업이기도 하다.

실력이 좋아지면 좋아질수록 책임의 무게도 늘어난다.

마법사는 잘 알고 있었다. 그래서 전쟁과 직접 관련된 의뢰를 받지 않고 위험 구역의 소재 수집을 하고 있었다.

"넌 길드가 질 거 같아?"

전사가 물었다.

"상대가 훨씬 많잖아? 더구나 그 유명한 로이터 씨가 적이라며?"

"이쪽에도 지드 씨가 있잖아."

"하지만 길드 최강은 로이터 씨잖아."

"그건 오랜 기간 쌓은 공적을 고려해서 그런 거잖아. 대세는 지드 씨야."

마법사와 전사의 말다툼을 듣고 척후가 전방의 초목을 헤치면서 말했다.

"그 지드 씨에 대한 소문, 알고 있어? 옛날부터 이 숲에 살았었대. 아마 엄청나게 단련됐겠지."

마법사가 대답했다.

"그렇다고 해도 이 숲과 마찬가지로 과대평가지. '금기의 숲속'은 A랭크로 강등됐어."

그것은 현재 인접한 나라들과 조직, 그리고 길드가 내린 판단이었다.

위험 구역의 랭크가 오르고 내리는 건 드문 일이 아니다.

금기의 숲속도 마찬가지였다.

강력한 마물과 한 나라에 필적하는 광대한 면적을 가지고 있어서 위험한 구역이라는 것에 변함은 없다.

하지만,

"10년쯤 전부터 행방불명자도 사망자도 부상자도 줄었지? 우리 같은 강자로 한정하고 있다고는 해도 S랭크 지정은 뭐였던 거야?"

"옛날에는 들어가기만 해도 사람이 사라진다는 이야기가 있었는데."

"그러게~……——."

움찔.

척후의 몸이 떨렸다.

그것은 A랭크 파티에서 위험한 경계를 맡은 사람다운 재능을 갖춘 자의 본능이 울린 경종.

"――다들 멈춰. 더는 가면 안 돼……."

"왜 그래? 마물인가?"

전사가 자세를 갖추면서 곁눈질로 척후를 봤다.

"모르겠어. 하지만 이 앞으로는 가서는 안 된다는 느낌이 들어."

"하지만…… 의뢰받은 약초는 이 근처에 있잖아?"

"그렇지. 위협 정도가 파악이 안 되면 나아가면서 판단할 수는 없나?"

보통 파티라면 철수한다.

금기의 숲속에 사는 마물도 그곳에는 접근하지 않는다. 자연에서 살아가기에 사람보다 본능이 더 연마되어 있기 때문이다.

지금까지 숲에 들어가는 것을 허가받은 강자들도 무의식적으로 거리를 두고 있었다.

하지만 파티 '끝없는 바다'에는 자만심이 있었다.

실제로는 A랭크라 해도 하위 레벨이다.

하지만 지금 그곳은 흔적이 남아있는 옛터이며 위험을 고하는 농후한 기척도 희미해져 있었다.

그렇기에,

"알았어. 가볼까."

――그곳에 사람이 발을 들인 것은 10년 만이었다.

조금 걸어가니 초목의 기척마저 사라졌다.

마치 그곳만이 숲에서 동떨어져 있는 듯한 공간이었다.

몇백 년 몇천 년을 자란 거목이 만들어낸 것은 육지의 외딴섬.
불모의 대지를 거목이 둘러싸고 있었다.

"뭐냐…… 여긴."

전사가 나지막이 중얼거렸다.

"여기 위험하다니깐! 빨리 도망치자!"

척후가 눈에 눈물을 글썽거리면서 두 사람에게 매달렸다.

처음엔 이상하기까지 한 기피감에 얼어붙어 있던 마법사는 잠깐 시간을 둔 뒤에 땅에 손을 댔다.

"이상해. 확실한 전투의 흔적이 있는데 최근에 생긴 건 아니야. 마치 여기만 몇 년 동안이나 건드리지 않고 보존되어 있던 것 같아."

"그럼 대체 뭐야. 마물이 한 마리도 다가오지 않고, 엄청 꺼림칙해. 그리고 몇 년이나 방치되어 있었다면 풀 한 포기 정도는 자라나 있을 거라고."

아무도 알 리가 없다.

그곳은 일전에 지드와 금기의 숲속을 S랭크에 이르게 한 '주인'과의 결전의 장소였다는 것을.

"이봐, 이제 됐잖아! 여기서 벗어나는 게 좋다니깐!"

척후의 약간 상기되고 히스테릭한 목소리에 A랭크 파티는 후퇴를 결정했다.

떨쳐낼 수 없는 위화감과 공포에 다리가 얼어붙어, 그날은 오랜만에 의뢰를 실패하고 말았다.

◇

　로이터에게는 축복이었다.

　철이 들기 전부터 여신 아스테라의 목소리가 들렸다.

　목소리는 드문드문 들렸지만, 항상 로이터에게 행운을 가져다 줬다.

　마을이 마물에게 습격당하니 미리 마을 사람을 데리고 도망치라는 예언을 들었다. 실제로 그대로 되었다.

　로이터가 강해지고 싶다고 바라자 아스테라는 가장 좋은 스승에게 가는 길을 제시했다.

　로이터가 아스테라에게 도취하는 건 자연스러운 결과였다.

　그렇기에 로이터는 처음 여신에게 지령을 받았을 때도 충실하게 따랐다.

　그것이 동포를 죽이는 일이라 하더라도.

　(정말로 사람이 왔어…….)

　금기의 숲속.

　그곳에서 두 전사가 어린아이를 데리고 걷고 있었다.

　남녀의 전사는 차원이 다른 힘을 지니고 있었다. 이 위험구역에 가벼운 마음으로 가족여행을 와도 이상하지 않을 정도의 걸물이다.

　"자, 너무 겁먹지 마라. 넌 우리의 아이라고."

"그렇게 재촉하면 트라우마가 생길 거야. 며칠간 시간을 써서 익숙해지는 게 먼저야."

"음…… 그런가."

아직 다섯 살 정도의 아이는 아버지와 어머니의 등 뒤에 숨어 있었다.

갑자기 뱃속을 뒤흔드는 듯한 저음이 숲 전체를 감쌌다.

'카아아아아아!'

오우거.

3m의 거구를 지닌 괴물이 세 사람 앞에 나타났다.

"히익……!"

아이가 작은 비명을 질렀다.

그걸 본 아버지가 뒤통수를 긁으면서 '어쩔 수 없지……'라며 중얼거렸다.

"──힘의 차이도 모르는 건가?"

남자가 오우거를 날카롭게 노려봤다.

단순히 남자가 본 것만으로 오우거는 눈알을 뒤집으며 등을 땅에 대며 쓰러졌다.

지면이 가볍게 흔들렸다.

체격의 차이는 명확했지만, 그 이상의 힘의 차이가 본능에 심겨 있었다.

"아아, 정말. 울었구나…… 미안해. 내가 아빠를 두들겨 패서라도 이런 곳에 데려오지 못하게 할 걸 그랬어."

"에에에~. 하지만 영재 교육은 어릴 때부터 해야 하는데."

"정말, 아무리 그래도 그렇지. 훈련도 안 애를!"

여자가 볼을 부풀리며 항의했다.

"괜찮아. 이 녀석은 재능이──."

──공간이 갈라졌다.

"무, 무슨──?!"

거기서 나타난 것은 정령이었다.

광대한 숲이 술렁일 정도의 괴물이다.

앞으로 '주인'이라 불리며 금기의 숲속에 군림할 존재였다.

그것은 대륙에 존재하지 않는 다른 차원의 생물.

(아스테라 님, 이걸로 괜찮았던 걸까요.)

그 정령을 불러낸 장본인은 눈을 똑바로 뜬 채로 지켜보고 있었다.

남자가 비틀려 죽고, 여자가 복부를 뚫리면서 외쳤다.

"도망쳐, 지드!"

여자의 목소리에 어린아이가 달리기 시작했다.

원래라면 겁먹어서 다리도 움직이지 못할 것이다.

로이터는 그걸 어린아이의 재능의 편린으로 봤다.

◇

자신의 팔이 먹히고 있는 모습을 보고 로이터는 숨을 내쉬었다.

"지드, 널 만들어낸 사람은 나다. 어떤 시대에도 없었던 영걸이라고 아스테라 님이 칭찬하셨다. 나도 자랑스럽게 생각했다."

"응?"

"그런데 아스테라 님이 너에게 말을 걸 수 없다고 말씀하셨다. 뭔가가 있다고 말씀하셨다. ……그건가. 그게 아스테라 님의 목소리를 막은 것의 정체냐."

로이터가 날카로운 시선으로 바라봤다.

시선만으로 지드를 쏘아 죽이려는 것 같았다.

"어려워~."

지드가 난처하다는 표정을 보였다.

외관과는 어울리지 않는 천진난만함이 남아있는 표정이었다.

"……힘을 남겨둔 건 너뿐만이 아니다. 그뿐이다."

"?"

로이터가 아무것도 입지 않은 상반신을 보였다.

"우오오오오오오오오오!!!!"

지드에게 지배당하고 있던 주위 일대의 마력이 흔들렸다. 로이터에게서 방출되는 밀도 높은 마력과 충돌하는 것이다.

로이터의 잃어버린 오른팔이 순식간에 재생되었다.

그뿐만이 아니었다. 로이터의 등에서 순백의 날개가 돋아났다.

로이터가 펄럭 하고 날개를 퍼덕여 가볍게 떠올랐다.

태양의 후광이 비치자 마치 신의 사자 같았다.

아니, '마치'가 아니다. 로이터는 확실히 여신 아스테라가 보낸 존재였다.

"눈 크게 뜨고 봐라! 이게 바로 내가 '별을 떨어뜨리는 자'라 불리는 이유——!"

그러나 말을 마치기도 전에 그의 시야가 기우뚱 흔들렸다.

등에 강렬한 충격을 느꼈다. 인지할 틈도 없이 걷어 차인 것이다.

(여전히 보이지 않는 건가!)

로이터는 희미해지는 의식을 어떻게든 붙잡았다.

(아직 패배한 게 아니다!)

로이터는 '신도 아스테아'의 상공까지 튕겨 나왔다가 자세를 다시 잡고 날갯짓했다.

도시에 있던 사람들이 로이터를 발견하면서 가벼운 소동이 일어났다.

'저기, 뭔가 날고 있어~!'

그러나 로이터에게 그딴 건 이미 아무래도 좋은 일이었다.

"지드! 이쪽을 봐라아아!"

로이터의 뒤에서 수천개의 폭염 마법진이 나타났다. 이만한 마법이 발사되면 아무리 거대하고 굳건한 '신도 아스테아'라도 반파를 면할 수 없었다.

지드는 멀리서 로이터를 보고 있었다.

(넌 멈출 것이다!)

로이터에겐 확신이 있었다.

여신 아스테라가 말하길, 지드에겐 재기가 있다.

아스테라가 특별히 눈여겨본 건 타고난 지드의 성격이었다. 자기희생을 마다하지 않는다. 그야말로 용사로서 사람을 이끄는 자질이다.

"──있잖아."

또 다시 로이터의 등 뒤에서 목소리가 들렸다.

로이터가 놀라 뒤돌아봤다.

지드가 웃으면서 로이터의 모든 마법진을 뒤덮고도 남을 만큼 거대한 마법진을 불러냈다. 도시 전역을 뒤덮을 만큼 거대한 규모였다.

"무, 무슨 생각이냐……! 여긴 아스테라 님의 도시라고……!"

"이제 질렸어."

지드가 하품을 했다.

지드의 마법진이 빛나기 시작했다.

로이터의 마법진이 먼지로 변해 사라졌다.

그 뒤는 마력이 없는 자연물이나 미약한 생물.

로이터는 시야 끄트머리로 모든 것이 스러져가는 광경을 보았다.

(피해야…… 이미, 늦었구나.)

로이터는 자신의 몸이 썩어가는 걸 알 수 있었다.

(아아, 아스테라 님……. 그는 용사가 아니었습니다.)

그는 따분하다는 듯이 거대도시를 파괴하는 아이를 바라보았다.

그야말로 마왕의 모습.

(그 환경은, 당신조차 속이는 이중인격의 괴물을 만들어냈습니다⋯⋯──.)

로이터의 최후의 심경은 아스테라에 대한 의심이었다.

이걸로 된 걸까.

"흐아아아⋯⋯."

지드가 다시 하품을 했다.

몰락한 대지에서 다음 장난감을 찾으려 했다.

그런 지드에게 검은 그림자가 다가갔다.

"정말~, 더 놀고 싶어."

그림자에서 뻗어 나온 검은 손은 그런 지드의 소원을 들어주지 않았다.

십식──【음영】.

그건 지드가 또 한 명의 지드를 봉인하는 방위 마법이다.

"나 참, 너무하네."

그런 어린 목소리의 잔향과 불모의 대지, 그리고 부자연스러운 그림자만이 그 자리에 남았다.

제5화 그것은 후일담과 같아서

웨이라 제국의 전쟁으로부터 한 달이 지났다.

웨이라에서는 지금 한창 전후 처리가 진행 중이었다.

너무나도 규모가 큰 전쟁이었지만, 결과적으로 '아스테라의 추종자'의 주요 멤버의 사망과 탈퇴로 깔끔하게 종결되었다.

다만 전쟁으로 틀어진 국가 간의 관계나 민중의 불만이 끓어올라 아직 곳곳에 전쟁의 불씨가 남아있었다.

특히 이번 승리의 공로자 길드마스터 리프는 전후처리에 필요한 서류 작성에 쫓기고 있었다.

"길드마스터, 손님이 왔습니다."

"누구냐, 이렇게 바쁜 때에."

아래층과 연결된 연락용 매직 아이템에 비친 접수원 여성이 곤란한 표정으로 말을 이었다.

"그게…… 레이니스, 라고."

리프의 손이 멈췄다.

레이니스?

모를 수가 없는 이름이었다. 바로 전설적인 초대 용사의 이름이니까.

"진심으로 하는 소린가?"

"저도 확인했습니다만, 증표로 고대의 보석을 주셨습니다. ……순1급의 진품이었습니다."

보석의 가치를 나타내는 지표는 여럿 있다. 나라나 조직에 따라 다르지만, 순1급은 어디를 가더라도 통한다.

그것은 대륙에서도 손에 꼽을 정도밖에 없는 최고 품질의 물건이다.

"흠……."

리프가 턱에 손을 댔다.

장난치고는 품이 너무 많이 들었다.

길드마스터 암살이 목적이라면 안내원을 거치지도 않았을 것이다.

설령 암살하러 왔다고 하더라도 레이니스의 이름을 대는 이유는 무엇인가.

리프의 실력은 상당하다.

그리고 길드마스터실에는 방호 결계가 있다.

"……혼자 왔나?"

"그런 것 같습니다."

접수원 아가씨의 대답에 리프가 고개를 끄덕였다.

그렇다면 무슨 일이 있어도 대처 가능하다고 판단했다.

"알았다. 보내라."

"아, 알겠습니다."

접수원 아가씨는 예상 밖의 답변에 당황하며 고개를 끄덕였다.

잠시 후에 누군가가 방문을 두드렸다.

리프가 입실을 허가하자 한 노인이 들어왔다.

"그대가 레이니스인가?"

"음. 귀공이 '아스테라의 추종자'를 타도한 리프가 확실한가?"

"그대는 2대 용사인 레이니스가 맞는가?"

"호호. 서로 확인이 되었으니 서두를까."

레이니스가 의자에 앉았다.

"서두르다니…… 흠."

리프가 응시했다.

감도는 마력에, 무엇보다 알기 쉬웠던 것은 레이니스의 피부가 너덜너덜하게 벗겨지고 있다는 것이었다.

"알겠나? 이미 충분히 살았어. 이제 남은 시간이 그리 길진 않아."

"그래서, 무슨 이야기를 할 생각인가?"

리프의 목소리에는 초조함이 묻어있었다.

레이니스는 용사다. 그의 동료는 마왕 토벌 도중에 죽었다고 알려졌다.

즉, 레이니스는——.

"용사 파티에는 반드시 처리 담당이 존재한다. 너무 강해진 자를 관리하고, 마지막에는 처리하지. 짐작대로 내가 최초의 '배신자'다."

리프는 잘 알고 있었다.

그녀는 피해자이면서 살아남은 복수자니까.

"왜 이제 와서 말할 생각이 든 거지?"

"글쎄. 죽음에 대한 공포인가, 아니면 천국에 가고 싶어진 것일지도 모르지."

"농담할 시간은 있는 것 같구먼."

"……그렇지도 않네만."

레이니스의 한쪽 팔이 떨어졌다.

그것은 원형과는 동떨어진 먼지가 되었다.

서로 동요하지는 않았다.

리프도 레이니스가 사용하고 있는 마법을 알고 있는 듯했다.

그 말로도.

"지드와 만났네. 그 아이는 아스테라의 최고 걸작이야."

"아스테라? 최고 걸작?"

레이니스의 말에 리프가 고개를 갸웃했다.

그 태도를 보고 이해하지 못했는지 레이니스는 계속해서 말했다.

"음. 하지만, 아마 그렇기에 아스테라에 대적할 유일한 존재이기도 하지."

"무슨 말인지 도통 모르겠군. 좀 더 알기 쉽게 설명해라."

리프가 고개를 저었다.

레이니스도 턱을 쓰다듬어 마음을 진정시키고 너무 서둘렀다며 반성했다.

"흠. 우선 중요한 것부터 말하지. 여신 아스테라는 실존한다."

"……진심으로 하는 말인가?"

"용사 파티의 '배신자'는 어릴 때부터 목소리를 듣는다. 아름다운 여성의 목소리지. 그 목소리는 자신을 아스테라라고 칭한다. 그리고 우리에게 여러 조언을 해주지. 강해지는 방법이나 우수한 스승과 만나는 방법, 그리고 다가올 위기 같은 것 말이다."

"설마, 그 목소리를 따라 동료들을 죽였다고 할 작정인가?"

"그렇다네."

리프가 작은 주먹으로 책상을 내리쳤다.

마력으로 강화되지 않은 몸은 취약하기 그지없지만, 그래도 반동으로 종이가 공중에 흩날릴 정도로는 강한 힘이 담겨있었다.

"그게 만에 하나 사실이라고 해도, 왜 그 이야기를 이 몸에게 하지? 지드가 아스테라와 대적할 수 있다고 했지. 설마 여신을 죽일 생각인가?"

"나도 양심이 없는 게 아니네. 함께 여행한 동료를 내 손으로 죽이는 건……."

"이 몸은 수녀가 아니다. 참회를 들을 생각은 없네."

리프가 냉정하게 뿌리쳤다.

"그렇구만. 미안하네. ……하지만 시체를 넘은 그 끝에, 오랜 세월을 써서 아스테라에게 도달했다네. 용서는 빌지 않겠네. 내가 용서를 빌 사람은 이젠 없어. 이 손으로 죽였으니까. 그러니,

적어도 원수를 갚고 싶네. 그 원수 중 한 명인 나는 곧 썩어서 사라지겠지만, 또 한 명의 원수인 아스테라는 아직 건재하네. 나의 칼은 그녀에게 닿지 못했지. 그러니 귀공들에게 전해두고 싶네."

레이니스의 한쪽 다리가 땅을 구르며 먼지가 되었다.

"여신 아스테라는 '정령계'에 있다네."

"설마 정체가 정령이란 말인가?"

"흠, 어떨까. 내가 알아낸 것은 '아스테라'라는 자가 실재한다는 것과 정령계에 있다는 것뿐이네."

"하지만 우리는 정령계에 갈 방법이……. 우리가 정령계의 생물을 소환하는 것이 고작일 텐데?"

"나는 생의 절반을 후회로 허비했고 4분의 1을 도피로 허비했다네. 그리고 남은 생으로…… 고작 이걸 알아냈지. 어쩌면 핵심에 다가갈수록 나도 모르게 아스테라에게 죽는 것을 두려워했는지도."

레이니스의 또 한 쪽의 다리가 먼지가 되었다.

받쳐주는 것이 없어져 의자 위에서 기울어졌다.

반신도 먼지가 되어가고 있었다.

"──'아스테라의 추종자'는 기계에 불과해. 아스테라의……."

허약한 목소리는 리프에게 닿지 않았다.

하지만 마지막으로 남긴 목소리만은 들렸다.

"……마지막으로…… 한 번 더…… 반기의 신호로…… 지드와 만나보고 싶었다………."

그 말만을 남기고 레이니스는 완전히 먼지가 되었다.

리프는 침통한 표정으로 모래알보다 고운 영혼의 빈 껍데기를 봤다.

"이런 것을 알려줘서 어쩌라는 거냐……."

'이런 것'은 배신자에게도 마음이 있었다는 것을 가리키는 것인가. 아니면 여신 아스테라를 가리키는 것인가.

어쨌든 전자는 과거의 존재에 불과하며, 나아가야 할 미래를 향한 열쇠는 후자라는 것만은 확실했다.

◇

신도 아스테아가 갑자기 사라졌다는 사실은 온 대륙을 충격에 몰아넣었다.

천재지변이라는 설과 여신 아스테라의 천벌이라는 소문이 그럴싸하게 돌고 있었지만, 진위는 확실하지 않았다.

국가나 전쟁에 관한 제삼자 기관에 의한 조사 결과도 '원인불명'이라, 공포가 온 대륙에 만연해 있었다.

그런 곳에 다섯 명의 그림자가 있었다.

"오늘 루이나는 안 와?"

"……."

"전쟁 뒤처리로 바쁘겠지. 리프 공도 오지 않았어. 그리고 무엇보다, 아무래도 이곳에는 못 오겠지. 나조차도 구역질이 나. 소리아 님, 무리하지 마세요. 이곳이 불편하시면 당장 벗어나시죠.”

“아, 아뇨, 전 괜찮습니다. 그보다 지드 씨를 찾아야 해요. 한 달이나 행방불명이라니…….”

“지드라면 분명 무사할 거야!”

쿠에나, 유이, 필, 소리아, 실라.

각자가 하나의 같은 목적으로 신도 아스테아가 있었던 곳에 와 있었다. 도시가 있었던 곳이라고는 해도 아무것도 없다. 건물도 생물도 전혀 없었다.

감도는 것은 죽음의 기척뿐이었고, 먼저 조사를 진행한 조직과 부대의 인원 대부분이 구토와 실금을 해버려 출입을 거부할 정도였다.

“저도 지드 씨를 믿고 있어요. 로이터도 소식이 끊어졌으니, 지진 않았을 거예요. 하지만 어째서 행방을…… 아.”

“…….”

다섯 명이서 나란히 걷고 있었는데 유이가 한 걸음 두 걸음 앞으로 나왔다.

마음이 앞서 걸음이 빨라지고 달리기 시작했다.

일동이 서로의 얼굴을 보고 유이를 따라갔다.

유이가 멈춰 선 곳은 부자연스러운 그림자가 드리운 곳이었다.

“어라……?”

소리아도 위화감을 느낀 모양이었다.

그림자의 존재 자체가 이상했다. 전혀 움직이고 있지 않기 때문에 구름이 드리운 것도 아니며, 일대는 불모의 대지라서 달리 그림자를 만들어낼 사물도 없다.

하지만 주의해서 보지 않으면 알아차리지 못할 정도로 존재감이 희박했다.

""지드.""

실라와 유이의 목소리가 겹쳤다.

쿠에나와 필이 조금 기겁한 것처럼 봤다.

"너희는 뭘 느끼고 있는 거야……."

"너희 눈에는 뭐가 보이는 거냐……."

유이가 그림자를 만졌다.

아무런 반응도 보이지 않았지만, 유이의 그림자가 흔들렸다.

실라가 양손을 얼굴 앞에 들고 움켜쥐었다.

"부탁해, 유이!"

"응."

호수에 들어가듯이 부자연스러운 그림자가 저항 없이 유이를 받아들였다.

◇

어두운 공간이었다.

아무것도 없는 곳이었다.

소리조차 없었다.

한나절만 있어도 정신이 피폐해질 것이다.

(……)

부유감.

상하좌우의 감각이 없다.

유이가 쑥 움직였다. 마치 무언가에 빨려가고 있는 것처럼 보이기도 하지만, 확고한 의지가 담긴 눈으로 앞을 보고 있어서 스스로 움직이고 있다는 걸 알 수 있었다.

한동안 나아간 곳에 지드가 있었다.

눈을 감고 잠들어 있는 듯했다.

유이가 지드의 볼을 만졌다.

"일어나."

지드가 움찔 하고 떨었다.

그건 지드 입장에서는 예상 밖의 일.

아무것도 없어야 하는 공간에서 따뜻한 손길이 닿고 부드러운 목소리가 들렸다.

"……유이? 왜 여기에?"

"찾았어. 지드는 왜 여기에 있어?"

"또 하나의 나를 억누르기 위해서야. 좀 더 있으면 바깥으로 돌아갈 수 있으려나. 자동적인 거라서 언제가 될지 몰라."

"그런가. 다들 기다리고 있어."

지드가 의아한 듯이 얼굴을 찌푸렸다.

"역시 내 머리도 이상해졌나. 유이, 너 환각 아니지?"

"환각 아니야."

"……말이 너무 많은 거 아냐?"

지드가 느끼는 위화감의 정체는 이것이었다.

평소의 유이와는 너무 달랐다. 말투도, 성격도, 어쩐지 개방적인 인상을 줬다.

"여기에는 나랑 지드밖에 없다는 안심감이 있어서일까. 아마."

아아. 그리고.

라며 유이가 이어서 말했다.

"실라가 우리의 관계를 인정해줬어."

"관계라니?"

"사귀어도…… 결혼해도 좋대."

"어?! 어, 어째서 그렇게까지……!"

지드가 의외의 일에 동요했다.

유이의 표정이 풀어졌다. 그건 무표정에 가까운 수준이었지만, 평소의 유이와 비교하면 분명히 움직이고 있었다.

"그래도, 지드에게 듣고 싶어. 지드는 내가 싫어?"

"싫진 않아……."

"좋아하지도 않아?"

"그런 건……."

유이는 귀엽다. 몸매도 매력적이다.

하지만 지드가 쿠에나와 실라를 좋아하는 건 같은 시간을 많이 공유했기 때문이라고 느끼고 있었다. 성격이 잘 맞고, 앞으로도 함께 있고 싶다고 생각했기 때문이지——.

"——지드. 나도 같이 있게 해줘."

유이의 팔이 목에 감겼다. 얼굴을 교차시키며 안았다.

군복 위로도 전해져 오는 풍만한 가슴이 지드의 마음을 부채질했다.

"이렇게 행복해도 될까."

"모두가 행복하다면 그걸로 좋다고 생각해."

유이가 상냥하게 속삭였다.

지드의 손이 유이의 등을 두르고 끌어안았다.

정말 따뜻하다.

유이의 손이 느슨해지고 얼굴이 약간 떨어졌다.

시선이 맞았다.

분명 같은 생각을 했을 것이다.

입술이 가까워진다.

살짝 닿자——.

(앗!)

시야가 밝아졌다.

주위에는 네 사람이 있었다.

"뭐, 뭐뭐뭐뭐, 뭘 하는 거냐, 너는!"

맨 처음으로 필의 노성이 울렸다.

지드가 황급히 유이에게서 얼굴을 떨어뜨렸다.

"응……."

유이가 탐내듯이 다가왔지만, 필에게 뒷덜미를 붙잡혔다.

"너도 떨어져!"

"음~."

유이가 철들지 않은 아기처럼 그저 마음 가는 대로 지드에게 손을 뻗었다. 보호본능이 부채질 당한 지드의 이성이 무너질 뻔했다.

"그, 저기, 대낮부터 당당하게 이런 짓을 하는 건…… 아, 안 좋지 않을까요……!"

소리아가 새빨갛게 물든 얼굴을 양손으로 가렸다.

하지만 그 옆에서 실라가 말을 걸었다.

"그런 소릴 하니까 유이한테 선수를 빼앗기는 거라고! 내 시범을 보고 있으라고!"

"야, 그만해."

쿠에나가 실라를 뒤에서 세게 잡았다.

그립고 떠들썩한 시간. 지드의 표정이 풀어졌다.

"하핫."

지드가 웃음소리를 냈다.

"다들 오랜만이네. 날 찾으러 와준 거야?"

"당연하잖아. 행방불명이 되고 얼마나 지난지 알기는 해?"

"일주일 정도?"

"한 달이야, 한 달!"

"와…… 의뢰 같은 거 쌓여 있을 것 같네."

"그걸 걱정하는 거야?!"

쿠에나가 놀란 목소리로 말했다.

"자자, 됐잖아! 지드를 찾았으니까 돌아가자!"

모두가 끄덕였지만, 장본인인 지드는 아니었다.

주위를 둘러보고 얼굴에 그림자를 드리웠다.

"잠깐만 혼자 있고 싶어. 전이로 돌아갈 수 있으니까. 먼저 돌아가 줘."

"네, 네가 걱정할 필요는……!"

필이 말하는 도중에 소리아가 제지했다.

그리고 모든 것을 헤아린 듯한 쿠에나가 고개를 끄덕였다.

"알았어. 기다릴게."

"그래."

모두가 떠났다.

그리고 지드는 주위를 바라보고 중얼거렸다.

"여긴…… 그 컸던 마을…… 이었지."

지드의 기억에는 선명하게 남아있었다.

눈 앞에 펼쳐진, 의심의 여지가 없는 선명하고 강렬한 현실의 광경과 함께.

◇

세계는 크게 변했다.

그게 좋은 결과를 초래할지는 아무도 모른다.

하지만 많은 희생자를 냈다는 사실은 변하지 않는다.

(알고 있었어······.)

스피는 소리아와 함께 로이터에게서 도망쳤다. 하지만 전장의 혼란으로 인해 따로따로 떨어지고 말았다.

스피는 여기저기 돌아다녔다.

로이터로부터 도망치기 위해.

혹은 다른 것으로부터 도망치기 위해.

(내 책임은 커······.)

어린아이의 어깨로 지기에는 너무 무겁다.

원래는 실무를 처리하던 소리아와 달리 선전탑의 역할 뿐이었지만, 성녀로 임명된 후로는 큰 권력과 책임을 갖게 되었다. 그 대단한 로이터가 스피에게 허가를 구할 정도로 큰 권력을.

스피는 알고 있었다.

책임의 크기와 얼마나 많은 사람에게 신뢰를 받았는지.

신성공화국은 신도를 잃어 일시적으로 기능을 상실.

웨이라 제국과 주변 국가는 큰 희생을 치른 뒤에는 원한만이 남았다.

스피가 지나간 마을에는 눈물을 흘리는 자가 많이 있었고, 무거운 분위기에 휩싸여 있었다.

"결국 웨이라 제국이 이겼나."

"뉴스는 태도를 완전히 바꿔서 웨이라 제국을 칭찬하고 있어. 영문을 알 수 없어."

신문을 한 손에 들고 남자들이 골목에서 담소를 나누고 있었다.

스피는 로브의 후드를 푹 눌러쓰고 정체가 알려지지 않도록 구석에서 쉬고 있었다.

듣기 싫어도 남자들의 목소리가 들려왔다.

"그래도 말이야, 용사인 지드나 소리아 님은 웨이라 제국 편이었지?"

"배신한 거 아니냐. 애초에 지드는 용사가 되기를 거절한, 무슨 생각을 하는지 모를 녀석이고."

남자는 신문에 침을 뱉을 기세였다.

하지만 또 한 명은 고개를 갸웃했다.

"그렇다고 해도 말이야. 사람을 도왔다는 이야기는 들린단 말이지. 난 처음부터 지드는 왠지 좋은 녀석일 것 같았어."

"뭐어? 전에는 지드의 정체가 마족이라고 했잖아!"

시시한 잡담이다.

하지만 여긴 신성공화국.

아스테라를 믿는 자도 많고, 용사가 되기를 거절한 일로 지드에게 적의를 품고 있던 자는 적지 않았다.

그래도 길거리에서 이렇게 당당하게 지드를 화제로 올리고 칭찬하는 것은 이번 전쟁의 영웅으로 치켜세워지고 있기 때문일 것이다.

(지드 씨가 마족이라니 이상한 이야기야…… 그 사람은…….)

스피는 살짝 웃음을 지었다.

피로가 쌓였고, 공복감도 있었다.

하지만 지드의 이름을 들어서 약간 안도했다.

"──그리고 성녀라는 스피는 이번 전쟁에서 도망쳤지? 자기는 지시를 내리고 군대를 전쟁에 보냈는데 말이야."

스피는 거북해져 빠르게 자리를 떴다.

한동안 걸어 스피는 신도가 있었던 곳으로 향하고 있었다.

발걸음은 무겁다.

가까워질수록 악취를 억지로 맡는 듯한 구토감도 들었다.

그래도 걸음을 멈추지 않았다.

(……죽을 각오는 돼 있어.)

스피는 걸으면서 후회에 시달렸다.

어떻게 해서든 속죄하고 싶다는 마음이 다리를 움직이게 하고 있었다.

그런 스피가 신도의 흔적에서 만난 사람은 지드였다.

그는 양 무릎을 안고 끝없는 지평선을 보고 있었다.

"지드 님……."

스피가 자기도 모르게 이름을 불렀다.

마음이 복잡했다.

만나고 싶지 않은 듯한, 혹은 그 반대인 듯한. 아니면 그라면 자신을 정당하게 벌해줄까.

그런 마음을 아는지 모르는지, 지드가 울적한 표정으로 뒤돌아보았다. 하지만 그것도 잠시, 스피를 보자 표정이 밝아졌다.

"여. 용케 왔네?"

"죄, 죄송해요. 전 당장이라도 죽어야 하는데……."

"어?"

"네?"

서로 눈을 마주치고, 지드가 웃음을 터뜨렸다.

"아니야. 여긴 무섭잖아. 자, 이리 와."

지드가 양 다리를 벌려 공간을 만들었다.

평소 같으면 부끄러운 마음이 앞서 거절했겠지만, 스피에겐 그만한 기력이 없었다.

지드는 악의 있는 행동은 하지 않을 것이라 믿고 있었다. 혹은 악의 있는 행동을 하더라도 비난할 자격은 없다며 포기하고 있었던 것일지도 모른다.

스피는 지드의 말대로 양 다리 사이에 들어가는 형태로 앉았다.

"저, 저…… 최근에 목욕하지 못해서…… 그."

"좋은 냄새야. 그리고 따뜻해."

"햐읏."

지드가 스피의 머리카락에 얼굴을 묻었다.

스피는 갑자기 깨달았다.

구토감도 심장의 나른함도 없다.

지드에게 감싸여 있으니까 이곳을 지배하는 분위기로부터 보호받고 있다.

그래서 지드는 스피에게 이곳을 지정한 것이다.

"여기에 있는 건 내 마력의 잔재야. 아마 쿠에나나 리프와 다른 모두는 알아차렸을 거야. 내가 여기에 있었던 도시를 멸망시켜버렸어."

"그, 그건 로이터를 쓰러뜨리기 위해서죠?"

"글쎄……."

지드의 석연치 않은 대답에 스피는 깊이 파고들 수 없었다.

그걸 물어볼 권리는 없다는 걸 알고 있었다.

물어볼 필요도 없다는 걸 알고 있었다.

"만약 지드 님이 도시를…… 사람의 목숨을 쉽게 빼앗을 수 있는 사람이라면 그런 슬픈 목소리를 내지 않을 거예요."

"……."

대답은 없었다.

다만 스피를 안는 손에 힘이 들어갔다.

두 사람 사이에 정적이 흘렀다.

이곳에는 바람조차 찾아오지 않았다.

다음으로 입을 연 것은 지드였다.

"난 앞으로 어떻게 될까? 벌을 받으려나."

"그건 있을 수 없는 일이에요. 지드 님은 이 전쟁의 공로자인걸요. 리프 님과 소리아 님이 지켜줄 거예요. 이 도시가 소멸한 것도 로이터 씨의 책임이 될 거예요. 그건 사실이니까요."

"그런가."

지드가 간단히 수긍했다.

스피는 다시 알아차렸다.

그런 건 지드가 원하던 대답이 아니다.

"지드 님은 속죄하고 싶으신 거죠? 누군가에게 벌을 받고 싶은 거죠?"

"그럴지도 모르지. 기억은 간신히 남아있고, 아무래도 떨쳐낼 수 없어. 가슴이 아파."

"저도 같아요. 그래서 해줄 말이 생각나지 않아요."

스피의 얼굴에 그림자가 드리웠다.

"스피도 이런 기분인가. ……이렇게 어린데."

"나이 같은 건 상관없어요……."

스피가 고개를 저었다.

알고 있는 것이다.

변명할 수 있는 입장이 아니다.

목숨을 맡고 있던 자로서 책임이 있었다.

하지만 지드는 그걸 부정했다.

"아니. 나도 어릴 때는 선택의 연속이었어. 까딱 잘못했다면 죽었을 거야. 하지만 넌 달라. 자신의 목숨뿐만이 아니야. 다른 녀석의 목숨까지 짊어지고 있어."

지드는 말로 잘 표현하지 못했다.

하지만 구조는 이해하고 있다.

스피 같은 어린아이를 우상으로 치켜세운 건 왜인가.

그건 주위 사람들이 책임 없이 있고 싶기 때문이다.

아무것도 생각하지 않고 힘없는 자에게 책임을 떠넘기고 싶기 때문이다.

다 같이 좀 더 나누는 편이 좋다는 걸 알면서 그걸 거부하고 있다.

하지만 스피는 그런 방식을 인정했다.

"제가 선택한 것이니까요."

선택하지 않았으면 좋았을 것이다.

그렇게 하지 않았으면, 분명.

그 말투에는 체념이 담겨있었다.

"왜 선택한 거야?"

"그건……."

스피가 잠시 고민했다.

왜?

최초의 동기는 부모님의 원수를 갚기 위해서다.

그러기 위해 아스테라교의 악을 폭로하려고 했다.

그런데 우왕좌왕 하는 사이에 귀족조차 능가할만한 지위에 섰다. 권력을 가졌다. 명성을 떨쳤다.

"나 말이야, 깨달았어. 누군가 한 사람이 책임을 지게 하는 사회는 잘못됐어."

"……하지만, 그렇게 함으로써 잘 돌아가게 되어 있어요. 누군가가 명확한 입장을 취하지 않으면 책임의 소재가 애매해져요."

"알고 있어. 내 말은 허울 좋은 말이지. 하지만 실수는 누구든

해. 그래서 분명 무서운 거야. 내 힘은…… 너무 강해. 만약 내 주위에 있는 사람이 루이나처럼 모든 것을 긍정해주는 사람이었다면…… 만약 내가 나를 긍정하는 사람 이외의 사람을 원하지 않는다면……."

스피는 등으로 느끼고 있었다.

지드의 슬픈 눈길이 향하고 있는 곳은 신도가 있었던 곳이라는 것을.

그리고 이 비극을 반복하지 않을까 공포를 품고 있다고.

"──제가 버팀목이 될게요."

"스피……?"

"정당하면 칭찬할게요. 잘못됐으면 화낼게요. 제가 쭉 버팀목이 돼줄게요."

말에는 강한 심지가 있었다.

지드가 안도를 느끼고 힘없이 웃었다.

"한심하네, 나."

"아뇨, 지드 씨도 절 떠받쳐주고 있어요. 전 앞으로 속죄해야만 해요. 민중을 전쟁에 말려들게 한 책임을 져야만 해요. 그 공포와 마주하기 위해 지드 씨에게 기대고 있는 거예요."

그렇게 말하는 스피의 목소리는 시원스러웠다.

초심을 떠올려 스스로 마음이 정리되어 있었다.

새로운 목표가 생겨 마음의 버팀목이 생긴 것도 크다.

하지만 그 말이 의미하는 것은.

"······죽을 생각이야?"

"어떨까요. 지드 씨의 버팀목이 되겠다고 거창한 말을 했지만, 전 패자 측의 지도자와 같은 입장에 있었어요. 사형은 피할 수 없을지도 몰라요."

"내가 리프와 모두에게 말해서······."

"그만두세요. 그런 뜻으로 기댄 게 아니에요."

"······──바로 혼나버렸네."

서로 짠 것처럼 두 사람이 웃었다.

하지만 지드와 스피의 마음의 상처는 조금 치유되어 있었다.

하루 중 아주 잠깐.

겨우 그 정도라도, 두 사람에게는 충분한 시간이었다.

"전이."

그 마법은 숙련된 마법사라고 해도 더 높은 경지에 이른 자 외에는 도달할 수 없는 극치에 있다.

지드는 습득자이며, 지금은 크제라 왕국의 길드를 전이 목적지로 정했다.

"뭐냐, 왔는가."

길드마스터실에는 리프가 있었다.

지드의 방문에 딱히 놀라지도 않고 시선을 주지도 않았다. 그저 책상 위에 산처럼 쌓인 자료를 훑어보면서 도장을 찍거나 사인을 하거나 하고 있다.

"보기 드물게 바쁜 것 같네."

"평소에는 이 몸이 일을 안 했다는 듯이 말하는구먼."

긍정도 부정도 하지 않고 지드는 다음 화제로 전환했다.

"더 바빠질 텐데, 괜찮겠어?"

"응?"

리프가 얼굴을 들었다.

지드가 있다.

그 옆에는 스피가 있었다.

"꽤나 찾았다, 스피."

"죄, 죄송해요."

"됐다. 살아있어서 다행이야. 그대도 길드의 일원이니 말이야."

사근사근하고 차분하게 말했다.

"감사합니다. ……하지만 제 죄는 아주 잘 알고 있습니다. 전 이제 어떻게 되나요?"

스피가 체념이 담긴 목소리로 본론에 들어갔다.

순간적으로 지드가 몸을 굳혔다.

스피에겐 거부당했지만, 지드 안에 있는 도와주고 싶다는 마음은 변하지 않았다.

그런 두 사람의 각오는 일축당했다.

"그대의 죄는 불문에 부칠 예정이네. 루이나도 그걸 인정했네."

리프가 부드러운 목소리로 말했다.

스피가 믿을 수 없는 대답에 눈을 휘둥그레 떴다.

"그래도 괜찮나요?"

"이렇게 결정한 요인은 몇 가지 있다."

리프의 시선은 고요했다.

"하나는 '아스테라의 추종자'에 대해서. 그대는 알고 있겠지."

"네. 존재를 안 건 로이터의 배신 직후지만."

"음. 그 조직은 강대하다. 이번 연합군의 상층부에도 상당수가 섞여 있었지. 국왕부터 출세한 대상인까지 다양하게 말이다. 하지만 이번 일로 대략적인 멤버를 파악했다."

"딱 한 번의 전쟁으로요?"

전쟁은 웨이라 제국 안에서만 일어났다.

도리를 거스르는 짓을 했다고는 해도 타국의 왕을 잡는 등의 일을 할 수 있을 리가 없다.

그런 건 스피도 알고 있었고, 의문을 던지지 않을 수 없었다.

"전쟁이 일어나기 전부터 준비하고 있었다. 이 몸이 움직일 수 있는 전력은 길드만이 아니다. 스카우트한 전 길드 멤버가 세계 각지에 있지."

스피와 지드는 보지도 듣지도 못했지만, 한 달 동안 많은 쿠데타와 암살이 일어났다.

웨이라 제국과 길드.

거대 국가와 거대 조직이 협력한 결과이긴 하지만, 그래도 엄청난 성과다.

"그런 일이…… 있을 수 있나요."

"이 몸도 예상하지 못했어. 장기전이 될 거라 예상해서 싸움을 잘하는 웨이라 제국을 아군으로 끌어들이려고 생각했지. 한데."

리프가 농담하듯이 양손을 어깨 옆으로 들고 고개를 저었다.

"놈들과 적대한 자들의 분노가 진짜였다는 것일 뿐이지. 이 몸이나 여제뿐만이 아니네. '아스테라의 추종자'는 여러 비합법적인 수단으로 세계를 뒤에서 좌지우지하고 있었네. 그에 반발하는 유력자도 많았고, 아무것도 하지 않아도 멋대로 멸망해갔지."

단 한 번의 패전으로 많은 악행이 드러났다.

로이터가 하고 있던 악행뿐만이 아닌, 그야말로 먼 옛날부터 행해온 수많은 악행이다.

"그럼, '아스테라의 추종자'는 이걸로 끝인가?"

"음. 적어도 이 몸이 쓴 작전은 대부분 성공했다고 봐도 좋지. 남은 건 뒤처리뿐이네. 그러니, 스피여."

"아, 네."

"그대는 죽지 않네. 다만 벌은 받도록 하게. 앞으로 진·아스테라교의 이름으로 세상에 안녕을 가져오도록 활동하게."

"안녕이라 하시면?"

"이번 전쟁으로 세상은 혼란스러워졌네. 소리아 일행도 움직이고 있긴 하지만, 역시 지시를 내릴 자가 필요해. 스피에게 이런저런 도움을 받고 싶네."

그래서 스피가 선택받은 것이다.

애초에 진·아스테라교는 스피가 세운 조직이다.

아이지만 발언력은 지극히 크다.

거기에 더해 리프나 루이나의 도움이 있으면 대륙 전토에 스피의 목소리가 닿게 될 것이다.

하지만 스피는 바로 대답하지 못했다.

"전 이번 전쟁에서 로이터에게 권한을 줘버렸어요. 그게 원인이 되어 많은 사람이 다쳤습니다. 저를 따라주던 분 중에도 적지 않은 희생이 생겼습니다."

"음. 하지만 나아가야만 하네."

"그렇네요. 죄를 용서해주신 건 감사합니다. 벌을 주신 것도 제가 과하게 분발하지 않도록 하기 위한 배려라고 생각하겠습니다. 그 상냥함은 몸에 사무치도록 느껴지지만, 전 길드와 웨이라 제국의 사정에 맞춰서 움직일 생각은 없습니다."

"호오?"

"진·아스테라교로 돌아가 사람들을 올바르게 인도하는 일은 할 것입니다. 하지만 전 더 이상 조종당하는 장기말은 되고 싶지 않습니다."

스피가 우려하는 것은 꼭두각시가 되는 것이었다.

로이터의 재래를 바라지 않았다.

이번 승자인 리프가 스피를 직접 지명한다는 것은 지명한 사람의 사정에 맞게 움직이는 것을 조건으로 목숨을 구원받은 것이나

다름없다고, 스피는 생각한 듯했다.

"크크크, 그대는 너무 깊이 생각했어. 이 몸은 그대에게 어떻게 하라고는 하지 않겠네. 그저 대륙의 불안을 불식시켜주길 바랄 뿐이야. 딱히 뭔가를 하라는 지시는 하지 않을 게야. 자네 마음대로 하게나."

"마음대로……?"

"그래. 단, 루이나는 조심하게. 약점을 파고들려고 할 테니까. 뭐, 지금의 스피라면 문제없겠지만."

"어…… 그러니까, 그…… 저는……?"

"말하지 않았나. 죄는 묻지 않겠다고."

설마 말 그대로 받아들일 줄은 생각지도 못해서 스피는 힘이 탁 풀렸다.

자기도 모르는 사이에 힘이 들어갔고, 한 번에 힘이 풀렸을 것이다.

지드가 황급히 스피를 부축했다.

"……괜찮은 건가요?"

"당연하지."

스피의 물음에 리프가 고개를 끄덕였다.

긴장이 사라지고 스피의 눈에 눈물이 맺혔다.

하지만 약한 소리를 내지도, 죽음에 대한 공포가 사라져 안도하는 소리를 내지도 않았다.

새로운 각오로 가슴을 가득 채우고 스피가 리프를 봤다.

"알겠습니다. 앞으로도 세상을 위해 사람을 위해…… 이 목숨을 사용하도록 하겠습니다."

"스피, 너무 무리하면 안 된다?"

지드가 염려하자 스피가 기쁜 듯이 지드가 있는 쪽을 봤다.

"네!"

스피의 이야기가 끝나자 누가 문을 두드렸다.

리프가 입실 허가를 내리자 파란 머리칼의 소녀가 들어왔다.

네림이었다.

"오오, 왔는가. 새로운 S랭크 모험가여."

리프가 치켜세우듯이 말했다.

익살스럽게 말한 건 지금까지의 축 처진 분위기를 없애기 위함이기도 하다.

"길드 카드 완성됐지? 빨리 줘."

"쌀쌀맞구먼~, 이제 동료 사이인데."

리프가 카드를 꺼내 책상에 뒀다. 네림이 그걸 받았다.

지드가 옆에서 대화에 끼어들었다.

"잠깐 잠깐, 네림이 S랭크 모험가가 되는 거야?"

"무슨 문제라도 있어? 선·배·님."

네림이 무서운 눈매로 지드를 봤다.

"아니 아니, 올해의 S랭크는 필 아니었어? 인원 제한이 있잖아?"

"시기가 시기이니 말이야. 나라를 잃은 기사나 상인에게 고용되어 있던 경호원 등이 일자리를 얻지 못하고 있어. 따라서 1년에 한 번 있는 시험 외에도 추천으로 S랭크를 포함한 전력을 모으기로 했지."

"그러면 쿠에나가 시끄럽지 않아?"

지드가 처음 트집 잡혔을 때를 떠올리면서 말했다.

쿠에나는 지금도 S랭크가 되길 바라고 있으며 A랭크가 될 때까지 꾸준히 실적을 쌓아왔다.

갑자기 누군가가 뛰어넘는다면 참을 수가 없을 것이다.

"안심해라. S랭크 시험은 진행한다. 이것저것 생각하고 있네만, 올해는 S랭크가 염가로 팔릴 거라네."

캇캇캇, 하고 리프가 웃었다.

염가로 팔린다며 자조하고 있지만, 리프도 거저로 S랭크에 들일 생각은 없었다.

오히려 예년 이상으로 엄격한 시험을 준비할 것이다.

그런 건 지드 일행도 왠지 모르게 상상이 갈 정도의 사이라서 추궁하지는 않았다.

"그건 그렇고, 말일세. 지드에게는 할 얘기가 있으니 스피와 네림은 먼저 나가있게."

"난 쿠에나네 집으로 돌아간다."

길드 카드를 받으러 왔을 뿐인 네림은 손을 팔랑팔랑 흔들면서 발길을 돌렸다.

그런 그녀에게 지드가 말을 걸었다. 스피의 등에 손을 대면서.

"스피도 부탁할 수 있을까? 소리아에게 연락해서 신성공화국에 데려갔으면 해."

"……소리아라면 이미 쿠에나네 집에 있어."

그렇게 말하는 네림은 마음이 무거워지는 사실을 떠올린 듯이 왠지 모르게 가라앉은 분위기를 보였다.

"그럼 마침 잘됐네. 부탁할게."

지드가 그렇게 말하고, 네림이 승낙했다.

그리고 스피를 데리고 쿠에나의 집으로 돌아갔다.

◇

네림과 스피가 나갔다.

나와 리프만이 방에 있다.

"자 그럼, 지드. 로이터를 쓰러뜨린 건 자네인가?"

"뭐, 그렇다고 봐야지."

"그렇구먼."

의미심장하게 말했지만, 리프는 깔끔하게 수긍했다.

이미 뭔가를 짐작하고 있는 것일지도 모른다.

신도를 멸망시킨 건도 그렇고, 어느 정도 추측하고 있을 것이다.

"자네도 큰일이군. 이제 지명 의뢰가 엄청나게 올 테니."

"또 장난 의뢰인가?"

싫은 기억을 떠올려 지드의 표정이 불쾌하게 변했다.

하지만 스피는 그런 기억을 날려버릴 정도로 쾌활하게 웃어 부정했다.

"캇캇캇. 그게 아니지. 자네는 영웅이 되었으니 말이야."

"영웅?"

"음. 이번 전쟁의 최대의 공로자 아닌가. 로이터를 쓰러뜨려 명실공히 길드 최강의 영광을 손에 넣었지. 그대에게 의뢰했다는 것에 가치를 찾아내는 귀족이나 왕족도 적지 않을 게야."

아마 나와 연줄을 대서 인맥을 만든다는 의미도 있을 것이다.

나에게 그런 가치가 있다는 생각은 안 들지만…… 그건 분명 자신을 객관적으로 보는 힘이 부족하기 때문일 것이다.

왠지 모르게 이런 의뢰는 불순한 동기가 섞인 것처럼 느껴져서 기가 죽는다. 만약 내가 만나기만 해도 행운을 가져오는 녀석이라면 의뢰를 불순하다고 느끼지 않겠지만, 어차피 인간이니까 그다지 이상한 가치를 찾지 않았으면 한다…….

난 정말로 곤란한 사람이 의뢰를 했으면 하지만…….

"또~ 쓸데없는 생각을 하고 있구만?"

"에, 아니, 그렇지는……."

"됐다 됐어. 알고 있겠지만 의뢰는 거절할 수 있으니 말이야. 싫다면 거부하면 되네."

편안한 말투였다.

길드로서 이익을 우선하고 싶을 텐데.

내가 의뢰를 거절함으로 인해 의뢰자가 길드를 이용하지 않게 될 가능성도 있을 것이다.

분명 우리 모험가를 소중히 아껴주고 있는 것일 것이다.

역시 그런 마음에는 부응하고 싶어진다.

"아니, 괜찮아. 어찌 됐든 모처럼 의뢰해줬으니까. 거절하면 거절하는 대로 마음이 불편해."

"크큭, 그런가. 뭐, 그런 종류의 의뢰는 수익이 좋은 것뿐이니 말이야."

리프가 뭔가를 꾸미는 듯한 웃음을 지었다.

뭔가 속이 새까만 것처럼 보였다.

"하지만 이게 본론은 아니지?"

"알고 있었나."

굳이 두 사람을 내보낸 뒤에 할 말이라면 어지간히 중요한 용건일 것이다.

리프가 천천히 입을 열었다.

"——아스테라는 실존한다."

"아스테라……?"

"음. 여신 아스테라 말이네. 알고 있잖나."

"그건 옛날이야기나 신화 이야기잖아?"

리프가 고개를 저었다.

"얼마 전에 어느 노인이 죽었다. 이름은 레이니스라고 하지."

왠지 들어본 적 있는 이름이다.

아아, 그렇지.

"초대 용사였나?"

"정확히는 2대지."

역사에서는 레이니스가 초대 용사로 불리고 있다. 하지만 실제로는 다르다.

진짜 초대 용사는 너무나도 강한 힘을 써서 온갖 포악한 짓을 했다고 한다. 그런 너무 강한 개체를 견제하기 위한 조직이 '아스테라의 추종자'였던 것이다.

따라서 초대 용사는 역사의 어둠에 매장되었다.

그리고 레이니스가 초대 용사로 전해져 내려오게 되었다.

사실은 리프의 말대로 2대지만.

"……그러니까~. 그 사람이 '얼마 전'에 죽었다?"

"이 몸과 비슷하게 장수를 실현하는 마법을 쓰고 있었어. 그렇다고는 해도 이렇게까지 오래 생존할 수 있는 건 본인의 소질 덕이라 하지 않을 수 없겠지. 이 몸이라도 어려울 거야."

있을 수 없는 일이라고는 하지 않았다.

실제로 내 앞에 있는 어린 소녀는 외모와는 어울리지 않는 인격과 지혜를 가지고 있다.

"리프는 레이니스와 아는 사이였어?"

"아니, '아스테라의 추종자'와의 싸움을 끝내니 레이니스가 만나러 왔네. 녀석은 자네도 만나고 싶어 했네."

"나랑?"

갑자기 내 이름이 나와서 놀랐다.

이미 죽었다는데, 임종할 때 만나주고 싶었다는 마음을 품은 것은 나도 인간이기 때문일 것이다.

"얘기를 듣기로는 이전에 자네가 구해준 적이 있다는데, 기억
은 있는가?"

"아니…… 없는데."

"그 자각하지 못하는 점이 사람을 끌어들이는 것일지도 모르겠
군. 자네가 없었다면 레이니스는 '진실'을 가르쳐주지 않았겠지."

"진실?"

"지드여. 자네의 운명은 기구하네. 분명 이걸 들으면……."

리프가 말을 머뭇거렸다.

거기엔 어떤 마음이 있을까. 난 짐작할 수 없다.

하지만 여기서 이야기를 끊을 수는 없을 것이다.

"괜찮아. 가르쳐줘."

내 망설임 없는 말을 듣고 리프가 담담하게 이야기했다.

"——."

확실히 그 이야기는 리프조차 망설일 정도의 이야기였다.

이건…… 꽤 대단하네.

"어떻게 할지는 자네가 정하게. 이 몸은 무슨 일이 있어도 지드
를 도와주겠네."

지금은 그에 대한 대답을 찾아낼 수 없었다.

리프에게는 대답을 보류하고, 난 귀로에 올랐다.

◇

쿠에나의 집으로 돌아가는 길.

갖가지 고민이 머리를 스쳐 지나갔다.

난──.

"오오, 지드다!"

아이의 쾌활한 목소리가 들려왔다.

무의식적으로 가볍게 손을 흔들어 주었다.

그러자 아이는 내가 반응해준 게 기뻤는지 폴짝폴짝 뛰었다.

천진난만한 모습을 보니 치유된다.

문득 길을 가는 사람들의 시선이나 들려오는 목소리가 긍정적이라는 걸 깨달았다.

(미움받았을 텐데…….)

아마 리프와 다른 사람들이 나를 선전해줬을 것이다. 스피도 그런 말을 했었다.

꼬치 가게에 들러 오랜만에 아저씨와 만났다.

"이게 누구야. 오랜만이군. 죽은 줄 알았다."

"팔팔하다고. 꼬치 다섯 개 줘."

"그래. 잠깐 기다려."

아무래도 장사가 잘됐는지 추가한 고기가 아직 다 구워지지 않은 것 같았다.

"그러고 보니, 아저씨네 아들이랑 만났어."

"하, 집에도 얼굴을 비치지 않는 불효자식놈. 잘 지내던가?"

"잘 지내고 있었어. 근데 대단하네. 현자라니."

"그 대신 학비로 우리 집의 돈이 대부분 사라졌다고. 외국에 유학시키는 데 돈이 얼마나 들었는지…….”

불평하고 있지만 어딘지 자랑스러운 듯했다.

좋은 부모구나.

그렇게 이야기를 하는 동안에도 다른 사람들이 말을 걸어왔다.

아무래도 난 영웅 대접을 받는 것 같다.

"근데 네 인기도 돌아왔구만. 아니, 전보다 더한가?"

"손바닥 뒤집듯 휙휙 바뀌네."

"뭐, 너무 원망하지 마. 저들이 너에 대해 안다고 한들 얼마나 알겠나.”

완성된 꼬치를 받았다.

여전히 양념 냄새가 좋단 말이지…….

값을 치르고 꼬치를 입 안 가득 넣었다.

"원망 안 해. 애초에 기대조차 안 했어."

"냉담하구만."

"타인과의 거리감을 이해하지 못할 뿐이야."

그게 솔직한 마음이었다.

나를 싸늘한 시선으로 보면 괴롭지만, 따뜻한 시선으로 봐주면 기쁘다.

그런 솔직한 생각밖에 없다.

분명 난 바보일 것이다.

"알 수 없는 놈이야. 착한 것처럼 보이는데 무서운 구석도 있구만."

아저씨가 나를 꿰뚫어 보는 듯한 눈으로 봤다.

무섭다, 라.

어쩌면 난 사람에게 너무 무관심한 것일지도 모른다.

로이터나 아스테라가 말하기로는 난 무상으로 사람을 구할 수 있는 사람이라는데.

참 이상한 일이다.

우물우물 먹으면서 가게에서 떠났다.

아저씨가 손을 흔들었다.

"또 와라."

"또 올게."

그런 인사를 나누고 쿠에나의 집으로 향했다.

◇

인적이 뜸해진다.

일등지에 들어왔다는 걸 알 수 있다.

여기까지 오면 군것질을 하는 게 부끄러워지는 건 거리의 고급스러운 분위기에 영향을 받기 때문일 것이다.

(벌써 밤인가.)

별이 뜬 하늘이 아름답다.

자연 속보다는 적지만, 그래도 반짝이는 점이 여럿 있다.

꼬치를 들고 있지 않은 쪽의 손이 하늘로 뻗었다.

(닿지 않는다는 걸 알고 있어도…… 포기할 수 없어.)

그 이야기는 별에 한 것일까.

아니, 아니다.

난 이후를 상상하고 각오를 다지려고 했다.

──여신 아스테라와 싸울 각오를.

◇

쿠에나의 집. 언제 봐도 커다란 저택이다.

원래 귀족이 살던 집답다.

안에서 새어 나오는 빛으로 사람이 있다는 걸 알 수 있었다.

초인종을 울렸다.

안에서 목소리가 돌아오고, 문이 열렸다.

파란 머리칼을 가진 소녀가 맞이해줬다.

아까 길드에서 만난 네림이었다.

"다녀왔습니다."

"어서 와…… 아니, 왠지 이 대화 싫어."

네림이 얼굴을 찡그렸다.

진심으로 거부하고 있다는 게 표정으로 전해져 왔다.

"왜. 딱히 이상한 말은 안 했잖아."

"너랑 사이좋다고 여겨지기 싫어."

"심한 말을 하고 있다는 자각은 있어?"

네림이 안으로 들여줘서 집 안으로 들어갔다.

생활 도구 등도 있는데 비교적 검소하고 실용적인 정취가 있었다.

'잠깐만, 역시 난 그만두고 싶은데!'

'모처럼 준비했으니까 좋잖아~!'

'소, 소리아 님, 저도 이런 건 별로…….'

'이런 건 처음인데, 재밌네요.'

'윽……! 그 모습으로 말씀하시면 가슴이 아픕니다……!'

떠들썩한 목소리가 들렸다.

쿠에나와 실라는 있는 게 당연하지만, 아무래도 소리아와 필까지 있는 것 같다.

"뭐 하고 있어?"

"……휘말린 내 입장도 생각해줘."

네림이 갈피가 안 잡히는 대답을 돌려줬다. 상당히 원망스러운 눈으로 날 보고 있었다.

거실에 다다랐다.

……에?

"꺄아아아아! 이쪽 보지 마, 지드!"

"지드! 어서 와~!"

모두가 노출도 높은 동물 코스프레를 하고 있었다.

쿠에나는 고양이의 모습을 하고 있어서 슬렌더한 굴곡이 매력적으로 비쳤다.

실라는 소다. 큰 가슴이 더욱 강조되어 이성이 날아갈 뻔했다.

이, 이게 뭐냐……!

"지드 씨, 안녕하세요 멍! 이에요!"

"……젠자앙…… 내가 왜 이런……."

개로 분장한 소리아가 양 손목을 구부려 포즈를 취하고 있었고, 그 균형 잡힌 몸은 밸런스가 신들린 수준이었다.

필은 암표범의 모습을 하고 있었지만 부끄러운 듯이 웅크리고 있었다. 옆가슴이 보이는데…… 의외로 크다…….

"다, 다녀왔습니다……. 저기…… 이게 무슨……?"

"네림이 골라줬어! 어때, 어울려?"

즐거운 듯이 뛰면서 내 쪽으로 오는 실라.

흉악한 가슴도 몸의 움직임에 맞춰 위아래로 움직이고 있다.

이건 위험하다……!

"어, 어어, 어울려……!"

그렇게 말하면서 황급히 시선을 돌렸다.

인생을 살면서 가장 많은 데미지를 받았을지도 모른다.

이 이상의 것을 눈에 담으면 난 틀림없이…… 죽는다.

하지만 시선을 돌린 곳에도 그림자가 있었다.

"저기…… 갈아입을 옷은 감사하지만…… 아무래도 큰 것 같은데요……."

"흐앗?!"

스피다.

목욕을 막 끝낸 참일 것이다.

젖은 머리카락과 헐렁헐렁한 티셔츠. 몸에 비해 너무 크다. 보이면 안 되는 부분까지 보일 것 같다.

"지, 지드 씨?! 도, 돌아와 있었군요?!"

스피가 당황한 듯이 옷깃을 잡고 몸을 숨겼다.

트, 틀렸다…….

오늘 난 여기서 죽는구나…….

착.

등에 부드러운 감촉이 전해졌다.

커다란 두 개의 언덕이다.

이건 실라라고 봐도 손색없는 크기인데…….

"지드."

그 목소리는 실라와는 달리 약간 차분했다.

"너도 있었구나…… 유이."

"응, 지금 왔어."

시선을 맞추니, 유이는 어떤 상자를 들고 있었다.

"이건 뭐야……?"

"루이나 님이 주시는 선물."

바쁘니까 유이가 전해주러 왔을 것이다.

주먹 정도의 크기밖에 안 됐다.

시야 끄트머리에 비치는 쿠에나의 얼굴이 귀신처럼 변해있었다.

쭈뼛거리면서 상자를 열었다.

안에는 반지가 있었다.

"……이건?"

"결혼반지."

유이가 담담하게 말했다.

그건 상당히 중요한 물건이 아닐까……?

쿠에나가 성큼성큼 다가왔다.

"지드, 그런 건 받으면 안 돼! 돌려주고 와!"

엄청 화내는 거 같은데,

"야, 야…… 이것저것 보이는데……!"

"……읏!"

쿠에나가 가슴팍을 가렸다.

　그리고 이런저런 일이 있었고, 어딘지 그립고 소란스러운 하루
가 지나갔다.

특별장

쿠에나의 회고

The Slave of the "Black Knights" is
Recruited by the "White Adventurer's Guild"
as a S Rank Adventurer

특별장 쿠에나의 회고

내 집안은 유복하다.

아니, 유복한 수준이 아니다.

여러 국가를 다스리는 제국 수장의 일족으로 태어났다.

하지만 난 복을 받은 건 아니었다.

오히려 평범한 가정에서 태어나는 편이 더 행복했을 것이다.

아버지의 신분은 높디높았지만, 그렇기에 심심풀이를 해보고 싶어졌을 것이라 예상할 수 있었다.

창부의 아이.

그것이 나에게 붙여진 꼬리표였다.

내 편이 있었다면 다소는 괜찮았을지도 모른다.

하지만 내 편이 되어줘야 하는 어머니는 나를 두고 사라졌다.

언젠가 죽었다는 이야기를 들었다. 난 어머니와 만난 기억도 없어서 큰 실감은 나지 않았다.

그래서 난 태어날 때부터 혼자였다.

사이좋은 메이드도 집사도 없다.

괴롭히는 형제는 없었지만, 언동으로 동정과 멸시를 받았다는 건 어렸기에 더 잘 전해졌다.

어느 날, 형제가 차례차례 죽어갔다.

딱히 놀랄 이야기는 아니었다.

얼마 전부터 아버지의 건강이 악화했고 최근에 세상을 떴다.

아버지란 물론 제왕을 말하는 것이다.

즉, 이 웨이라 제국이라는 강대한 국가에서 가장 신분이 높은 사람이 죽은 것이다.

사인은 자연사라고 한다.

난 아이지만, 가장 나이 많은 오빠는 중년이고 나와 동갑 정도의 아이가 있다. 자연사해도 아무런 이상한 점은 없다.

이것도 예삿일이라는 것일 것이다.

나 같은 건 계승권 같은 것으로 인해 표적이 될 우려는 한없이 적었어야 했다.

나보다 계승권이 아래인 어린 아이가 죽었다.

그때 이제껏 무감각했던 '죽음'이 가까이에 다가온 게 느껴졌다.

제왕 따위에는 관심 없고, 이길 수 없는 싸움을 걸고 싶지도 않다.

어리석은 계승권 다툼에 휘말려 죽을 수는 없다.

형제자매 중에서 두각을 드러내고 있던 루이나에게 내가 유일하게 이길 수 있는 점이 있다.

그것은 무술 재능이었다.

황실에서 빠져나가도 분명 나라면 살아갈 수 있을 것이다.

사실 계승권 포기는 꽤 오래전부터 계획했던 일이다.
애초에 내가 황실에 남아도 타국의 왕족이나 유력 귀족의 애첩이 되는 게 고작이다.
그런 놈들에게 시달리면서 사는 건 사양이다. 화가 난다.
차라리 스스로 개척한 운명을 걷다 죽는 게 속이 시원할 것이다.
……그렇게 생각하던 시기도 있었다.

난 모험가가 되었다.
그렇다, 계승권 포기에 성공하고 탈출한 것이다.
누구에게도 불평을 듣지 않은 것은 내게 기대하지 않았기 때문일까.
어쨌든 난 빠져나왔다.
길드에서 실전과 필기시험을 쳤는데, C랭크가 되었다.
내 나이에 C랭크가 되는 사람은 드물다고 한다.
조금 자랑스러웠다.
지금까지 계속 무시당해왔는데, 드디어 실력을 발휘할 자리를 얻었다. 이제 가슴을 펼 수 있다.
그러나 이건 아무것도 모르는 자의 자만이었다…….

거미. 마물과 싸운 경험이 없는 자는 부드러운 실로 집을 짓는 작은 생물을 가장 먼저 떠올릴 것이다.

하지만 내가 상대는 2m를 넘는 괴물이었다.

팔 하나는 이미 놈의 실로 봉쇄당했다.

솔직히 죽는 줄 알았다.

갑자기 나타난 검은 그림자.

한참 나중에 안 일이지만, 그 사람이 유이였다.

거미는 유이의 일격에 쓰러졌다.

유이는 생명의 은인이었다.

나이는 비슷한데, 나보다 강했다.

도움을 받았지만 고마움보다 분함이 더 컸다.

나중에야 유이가 최연소 S랭크 기록 보유자라는 걸 알았다.

분한 나머지 언짢은 기분으로 지내고 있으니 길드마스터인 리프에게 놀림 받았다.

나보다 훨씬 작은 아이에게 그런 소릴 들으니 화가 나서 참을 수 없었다.

하지만 가끔 나에게 기대하고 있다고 말해서 싫어할 수 없었다.

어느덧 여러 파티에 권유를 받게 된 나에게, 이번에는 A랭크 파티가 찾아왔다.

멤버들은 하나같이 강했지만, 약간 이야기를 해보니 웨이라 제국에 고용되는 것이 그들의 최종 목표라는 걸 알 수 있었다. 모험가 길드는 그저 발판이라고 했다.

확실히 급여나 명예를 생각하면 제국 군인이 훨씬 좋을 것이다. 명성을 쌓고, 영웅이라 불리는 게 더 좋은 건 당연하다.

하지만 난 거절했다.

그곳으로 돌아간다고? 있을 수 없다.

무엇보다 내가 내 가치를 찾아낸 길드를 무시하는 녀석들이 용서가 안 됐다.

결국 그들이 길드에 남았는지, 떠났는지, 그건 모른다. 그 이후, 그들의 이야기를 듣지 못했다.

순조롭게 B랭크로 승격했다.

중견급 마물 무리를 토벌할 수 있는 정도이다.

모험가 중에 솔로로 B랭크에 오르는 건 한 줌이라는 모양이다.

의뢰금도 내 몫이 많아지면서 돈이 제법 쌓이기 시작했다.

당장 모험가를 그만두더라도 약간 사치스럽게 살 만큼 모였다.

물론 일을 그만둘 생각은 털끝만큼도 없지만.

다만, 살 예정인 물건은 있었다.

내가 본 집은 몰락한 귀족이 살던 곳이었다.

주인이 몰락했다고 하니 재수 없게 느껴질지도 모르지만, 나는 이 집의 사연과 어딘가 통하는 구석을 느꼈다. 나도 어떻게 보면 몰락한 귀족…… 아니, 왕족이니까.

하지만 나도 이제 한 나라(집)의 주인이다. ……너무 과장했나.

귀족이 살던 집이라서 그런지 상당히 넓었다. 나 혼자서 쓰기에는 너무 컸다.

그렇다, 난 혼자다.

슬슬 제위 쟁탈전은 끝났을까.

쓸데없이 가구만 갖춰진 집이라서 뭔가 허무했다.

맥빠질 정도로 쉽게 A랭크가 되었다.

덕분에 여러 의뢰를 한꺼번에 받을 권리를 얻고서 돈이나 랭크 승격에 필요한 포인트를 빠르게 쌓았다.

아아, 이제 S랭크가 될 수 있다.

드디어 루이나가 날 되돌아보게 할 수 있다.

어느새 자기도 모르게 그런 마음을 품고 있었다.

마치 확정된 미래인 것처럼 생각한 건, 내가 그만큼 우쭐대고 있었다는 뜻이리라.

S랭크 승격 시험을 치를 수 있는 포인트를 모두 모았다.

남은 건 시험을 보는 것뿐.

이미 난 A랭크 중에서도 제일가는 실력자였다.

이제 정말 시험을 봐서 합격만 하면 되는 것이다.

그런데…… 여느 때처럼 길드에 의뢰를 받으러 가니, 기묘한 소문으로 떠들썩했다.

크제라 기사단에서 무명의 단원을 S랭크 대우로 스카우트하는 바람에 올해의 S랭크 시험이 중지되었다는 소문이었다.

아니, 단순한 무명이 아니었다. 그 대단한 소리아 님이 추천했을 정도라니까.

하지만 나는 분노로 미칠 것 같았다.

나는 억지로 마음을 진정시키고자 의뢰 게시판을 봤다.

내가 랭크 승격을 위해 꾸준히 반복한 일과였으니, 그것 말고는 할 일이 생각나지 않았다.

그때 길드가 한층 더 소란스러워졌다.

리프가 기쁜 표정으로 웬 남자와 걷고 있었다. 바로 S랭크가 될 그 남자, 지드였다.

난 어느새 그에게 승부를 걸고 있었다.

대패했다.

하루도 자지 않고 크제라 왕국 안의 의뢰를 전부 끝내고 왔는데도.

말이 안 된다.

아니, 인간의 몸으로 이럴 수가 있는 건가?

결국, 이 대결로 의뢰의 씨가 마르면서 크제라 왕국에 있던 모험가 300명 정도가 다른 곳으로 대이동하는 사태가 벌어지고 말았다.

의뢰가 없으면 벌이도 없으니 당연한 일이었다.

난 저축이 있으니 당장은 돈 걱정이 없고, 무엇보다 크제라에

집이 있다. 다른 곳으로 옮기는 건 어려웠다.

나는 죄악감을 느꼈다. 의뢰의 씨를 말린 건 지드지만, 계기를 준 건 나였으니까.

하지만 이 무렵의 나는 죄악감보다 분함이 앞섰다.

유이와 처음 마주했을 때처럼. 아니, 그때와 비교할 수준이 아니었다.

그야 당연했다. S랭크에 손을 조금만 뻗으면 닿을 줄 알았으니까.

홀로 집에서 조용히 눈물을 흘렸다. 여기라면 누가 볼 염려는 없으니까.

이튿날, 난 지드에게 마을을 안내해줬다.

이 남자는 문물을 그다지 모르는 것 같다.

크제라 기사단의 환경이 열악하다고 들긴했지만, 이렇게까지 아무것도 모를 수가 있나?

실력과는 달리 허술한 부분에 왠지 귀여움을 느꼈다.

으음…….

무엇부터 말하면 좋을까.

요약하자면, 지드가 크제라 기사단을 무너뜨렸다.

이유는 개인적 원한이 아니라 실라를 구하기 위해서였다.

사람 하나 구하기 위해서 한 나라의 기사단을 무너뜨린다는 발상을 하는 사람이 있나?

이 녀석은 역시 이상해…….

집에 실라가 왔다.

묵을 곳이 없으니 재워줬으면 하는 모양이다.

가족도 친척도 의지할 사람도 없어서 고생하고 있는 것 같은데, 뭔가 위화감을 느꼈다.

"여관에 묵으면 되잖아."

내가 그렇게 거절하자 실라가 고개를 저었다.

"실은 지드가 있는 여관에 가서 옆방에 묵으려고 했는데, 여관 아주머니한테 '넌 안 돼'라고 거절당했어."

"무슨 짓을 한 거야?!"

"아무것도 안 했는걸!"

"범인은 다 그렇게 말하지. 여관 여주인에게 거절당한 과정을 그대로 말해."

"음~. 일단은 지드의 방을 미리 조사하고…….”

"시작부터 문제잖아!"

"하, 하지만 옆방에 묵고 싶었는걸!"

"그렇구나, 거기서부터 이상함을 느꼈어야 했구나…….”

놔두면 벽에 구멍을 뚫을 것 같았다.

여관이 거절한 건 현명한 결단이었다.

결국 실라는 내 집에 머무르게 되었다.

귀족의 인맥은 대단하지만, 몰락하면 한순간에 사라진다.

크제라는 힘든 시기다.

기사단과 문관, 귀족부터 왕족에 이르기까지 처벌을 받았다.

분명 실라가 의지할 사람이 없다고 하는 것도 거짓말은 아닐 것이다.

왠지 동정할 수 있었다.

아니면 공감일까.

이유는 알고 있다.

나와 닮은 부분이 있기 때문이다.

나에게도 기댈 수 있는 사람이 없었다.

어느 날, 실라가 사검을 손에 넣었다.

그런 걸 집에 가지고 오지 않았으면 했지만, 손질 같은 것은 스스로 한다고 하니 허락했다.

사검이라니, 너무 불길하잖아.

최근 이상하게 지드를 의식하게 되었다.

분명 이기고 싶은 것일 것이다.

웨이라 제국과 한판 붙었다.

정확히는 거의 지드가 싸운 거지만.

웨이라 제국에 스카우트된 유이와도 만났다.

역시 강했다.

……그리고, 루이나.

인정받았다.

내가 강해졌다고 말했다.

당연하다.

난 그 말을 듣기 위해 노력해왔다.

보답받은 기분이 들었다.

하지만 내 욕구는 충족되지 않았다.

이 욕구의 정체는 분명 지드일 것이다.

그 녀석은 이상하다.

힘의 한계가 보이지 않는데, 언젠가 이겨 보일 것이라는 생각을 하게 해준다.

분명 친해지기 쉬워서겠지.

하지만…….

길드에서 특수한 파티가 발족했다.

카리스마 파티라는 흉한 가칭이 붙었지만, 멤버는 대단했다.

성녀 소리아에 검성 필, 최연소 기록 보유자 유이에 기린아 지드까지.

모두가 S랭크나 S랭크 급의 괴물뿐.

S보다 높은 랭크를 만들자는 이야기까지 나올 정도로 떠들썩

했다.

언젠가 나도 거기에 들어가고 싶다.

하지만 필에게 실라와 둘이 함께 덤볐는데도 졌다.

그 녀석 옆에 서기에는 아직 갈 길이 멀다.

S랭크 시험은 마족의 영지에서 진행되었다.

무슨 이유인지 지드까지 현장에 있었는데…… 이 녀석, 왜 소동이 있을 때마다 휘말리는 걸까.

결국 시험은 필에게 졌다.

역시 강하다.

지드에게까지 가는 벽은 많고 크다.

그 후로 제법 시간이 지났다.

지드가 '용사'로 선택받았다.

실라는 굉장히 기쁜 듯했지만, 난 개운치 않았다.

날 두고 먼 곳에 간 듯한 느낌이 들었다. 아니면 원래부터 먼 곳에 있었고, 그게 보이게 됐을 뿐일까.

그래도 뭐, 축하하자.

그 녀석은 대단하다. 그리고 나도 기뻤다.

어? 어렴풋이 느낀 건데…… 나, 반응이 실라랑 비슷해지지 않았어?

지드가 '용사'가 되기를 거절했다. 세간에서는 그를 엄청나게 비판하고 있다.

온갖 말들에 상처를 받은 것 같았지만, 여전히 팔팔한 걸 보면 멘탈이 강한 것 같다.

나였으면 울적해졌을 것이다.

아니, 애초에 나였으면 용사 자리를 거절할 리가 없지.

실라의 상태가 묘하게 이상하다.

이야기를 들어보니 사검이 기운이 없다거나, 반대로 시끄러워졌다고 했다. 불길하니 어서 버렸으면 좋겠는데, 실라는 완고했다. 사검과 꽤나 사이가 좋아진 모양이었다.

아니, 사검이랑 사이좋아지지 말라고.

지드는 스피에게서 성검을 맡고 있다.

뭐, 한눈에 보기에도 녹슨 고철이라서 진짜 성검인지 의심스럽지만.

그런데 어느날 그 성검이 사라졌다며 실라가 허둥거렸다.

지드는 검을 쓰지 않고 여관에 보관할 수도 없기에, 지드가 실라에게 맡긴 거였는데. 맡기자마자 이런 일이.

발단은 사검이 벌인 나쁜 짓이었다.

애초에 그런 불길한 물건은 주워오지 말았어야 했다.

결국, 실라는 사검 관련 조사로 리프에게 끌려갔다.

나와 지드는 둘이서 성검을 찾게 되었다.

어라, 그러고 보니 지드랑 오랫동안 여행하는 건 처음이 아닌가?

……아니, 의식하지 말자.

성검의 목격 정보에 따라 수인족령으로 왔더니 또 이상한 소동에 휘말렸다.

지드는 분명 이상한 운명을 타고났을 것이다.

귀찮게 짝이 없는 일을 벌인 끝에 어떻게든 성검을 되찾았다.

……크제라로 돌아오니 더 귀찮은 일이 기다리고 있었지만.

실라가 행방불명 됐다.

아무래도 사검의 정체는 네림이었던 모양이다.

네림. 사상 최강의 '검성'을 물어보면 반드시 이름이 거론되는 괴물이다.

하지만 그 네림도 지드에게 붙잡히자 항복했다.

오랫동안 실라에게 씌어있었으니 지드의 힘을 알고 있었을 것이다.

……사상 최강의 검성이 싸우기를 포기하다니, 어떤 존재인 거야.

웨이라 제국에서 소동이 일어나 루이나가 도망쳐 왔다.

적의 본명은 '아스테라의 추종자'라고 한다.

루이나를 돕는 건 부아가 치밀지만, 지드에게 도움이 된다면 협력할 생각이었다.

　다만 상대가 너무 거대하다.

　이야기로는 들었는데, 길드와 웨이라 제국의 전력을 합산해도 전력 차이가 몇 배에 달했다.

　적은 웨이라 제국에서 방어를 굳혔다. 보통은 공격이 수비보다 불리하다.

　불가능한 싸움이라는 의견이 아군 측에서 들려왔다.

　만약 일이 틀어진다면, 지드와 같이 멀리 도망가는 것도 괜찮을지 모른다.

　……이겨버렸다.

　몇 배에 달하는 전력 차를 뒤집고 이겨버렸다.

　이게 꿈은 아니겠지?

　하지만 전쟁의 여파로 다양한 변화가 찾아왔다.

　가장 충격적인 건 신도 소실이었다.

　로이터와 지드가 싸웠다는 이야기는 소리아 일행에게 들었다.

　하지만 그 이상의 정보는 전혀 들어오지 않았다.

　주민들은…….

　이게 전쟁이라는 것을 느꼈다.

　우리의 승리는 세계에 큰 영향을 끼쳤다.

루이나의 신격화.

그리고 지드의 영웅시.

뭐, 그만큼 큰 차이를 뒤집고 이겼으니 당연하겠지.

하지만 루이나가 신이 되었다고 해도 난 열등감을 느낄 일은 없을 것이다.

그야, 난 루이나와 대등하니까.

전쟁이 끝나고 일주일이 지났다.

지드가 어디에도 없다.

목격 정보도 없다.

역시 걱정된다.

실라는 승리를 확신해서 당당했지만, 그래도 일단은 수색해야 하지 않을까?

하지만 신도에는 접근할 수 없었다.

발을 들여놓으려 해도 발이 한 걸음도 나아가지 않았다.

각오라던가, 그런 차원이 아니다.

만약 신도가 있었던 영역에 발을 들이면 그걸로 죽을 것 같은 느낌이 들었다.

실제로 조사단마저 진입을 포기했다. 조사를 강행한 결과, 100m도 못 가서 모두가 의식을 잃었다고 한다.

중심에 다다르려면 시간이 걸릴 것이다.

실라가 지드를 맞이하러 가기 위한 준비를 하자고 제안했다. 소리아 일행도 와있었다. 지드를 걱정해서 다망한데 짬을 내서 왔다고 한다.

힘들겠다, 라고 생각했다.

실라가 코스프레 의상을 여럿 준비해왔길래 소리아와 필에게 입혔다.

그리고 나도……. 아, 괴롭다.

하지만 네림에게는 도리어 반격당했다.

상당히 성장했건만, 역대 최강의 검성에게 도전하기엔 아직 부족했던 모양이다.

지드가 발견되는 것이 언제가 될지 모르겠지만, 다음은 절대로 입지 않겠다고 다짐했다.

나도 네림처럼 반격하자.

이렇게 부끄러운 모습을 지드에게 보여줄 바에는 죽는 게 낫다.

지드는 정말 어떻게 된 걸까.

신도가 하루아침에 사라진 이상한 상황이다. 신도에서 무슨 일이 있었는지, 나로서는 상상도 안 된다.

하지만 만약 그게 싸움의 결말이라 해도, 지드가 졌다고는 티끌만큼도 생각하지 않는다.

돌아오면 꼭 그를 평소처럼 변함없이 맞이해주자.

후기

안녕하세요. 지오입니다.

여러분 덕분에 이렇게 후기로 일곱 번이나 다시 뵐 수 있게 됐습니다. 감사합니다.

담당편집자님, 결국 마감을 어기는 상습범이 됐습니다. 죄송합니다……. 항상 함께해주셔서 감사합니다……!

그리고 유우야 선생님, 이번에도 훌륭한 일러스트 감사합니다!

그리고 관계 각처 여러분도 감사합니다!

최근 옛날 작품을 다시 보는 것에 빠져있습니다.

제가 초등학생이나 중학생 때의 작품을 보면 역시 너무 재밌습니다.

너무 시간을 잊으면 안 되는 입장이 되었습니다만, 음~. 수면 부족이 되어가고 있습니다.

가끔은 작업하는 한편으로 옛날 애니메이션을 보고 저도 모르게 그쪽으로 정신이 팔리기도…….

창작물에는 마성의 매력이 있네요.

그리고 동서고금의 고전도 교양으로서 본 적이 있는데, 나이를 먹고 다시 보니 내용이 장난 아니네요.

　이렇게 옛날이야기만 하고 있지만, 결국 최근 작품을 보는 경우가 많네요.
　작품을 다 본 뒤에 '속편 안 나오려나~'라고 자주 생각하는데, 최근 작품이면 앞으로 속편이 제작될 희망이 있으니까요(웃음)

　그런 느낌으로 이번 후기를 끝내도록 하겠습니다.
　그럼 또 봅시다……!

THE SLAVE OF THE "BLACK KNIGHTS" IS RECRUITED BY THE "WHITE ADVENTURER'S GUILD" AS A S RANK ADVENTURER Vol.07
©2022 Jio
First published in Japan in 2022 by OVERLAP, Inc.
Korean translation rights reserved by Somy Media, Inc.
Under the license from OVERLAP, Inc., Tokyo JAPAN

악덕 기사단의 노예가 착한 모험가 길드에 스카우트 되어 S랭크가 되었습니다 7

2023년 11월 15일 1판 1쇄 발행

저 자	지오
일 러 스 트	유우야
옮 긴 이	박정철
발 행 인	유재옥
이 사	조병권
출판본부장	박광운
편 집 1 팀	박광운
편 집 2 팀	정영길 조찬희 박치우 정지원
편 집 3 팀	오준영 이해빈 이소의
디자인랩팀	김보라 박민솔
디지털사업팀	박상섭 김지연 윤희진
라이츠사업팀	김정미 맹미영 이윤서
영업마케팅팀	최원석 박수진 박소연
물 류 팀	허석용 백철기
경영지원팀	최정연
인쇄제작처	㈜코리아피엔피
발 행 처	㈜소미미디어
등 록	제2015-000008호
주 소	서울시 마포구 토정로222, 403호 (신수동, 한국출판콘텐츠센터)
판매 및 마케팅	(070) 8822-2301

ISBN 979-11-384-8073-4
ISBN 979-11-384-0731-1 (세트)